Über das Buch

„Physik? Oh Gott!" Nicht selten musste ich mir dies anhören, wenn ich auf die Frage nach meinen Unterrichtsfächern antwortete. So – als sei das Vertrauen in diese Naturwissenschaft eine Glaubensfrage.

Dabei bestimmen doch die universumweit gültigen Gesetze der Physik unerschütterlich unsere reale Existenz bis in die Niederungen des Alltags hinein.

Und genau dort spielen die zwanzig – mal heiteren – mal tragischen Geschichten dieses Buches.

Die Protagonisten geraten – meist ohne dass es ihnen bewusst wird – in Situationen, die maßgeblich durch ein physikalisches Phänomen beeinflusst werden.

Der fachliche Hintergrund wird jeweils in einem Nachwort geklärt und gegebenenfalls im Anhang vertieft.

Hans-Werner Lücker im April 2019

Über den Autor

Hans-Werner Lücker, geboren 1953, ist pensionierter Gymnasiallehrer mit den Fächern Mathematik, Physik und Informatik. Er widmet sich seit elf Jahren dem Schreiben.

Sein Erstlingswerk „Gedanken stapeln, Worte pflegen, Sprüche klopfen" erschien im Dezember 2016, gefolgt von der Geschichtensammlung „Das Klassenbuch" im August und dem Lyrikband „Meine Lebensgedichte" im Dezember 2017.

Den Spuren eines vermeintlichen Kavaliersdeliktes folgt der Autor in seinem Buch „Mathe konnte ich noch nie!" (April 2018).

Hans-Werner Lücker

Komm auf die Schaukel, Luise!

Geschichten aus dem Leben mit der allgegenwärtigen Physik

www.tredition.de

Ich freue mich über eine Rückmeldung auf meiner Facebook-Autorenseite:
www.facebook.com/hanswernerluecker

© 2019 Hans-Werner Lücker

Verlag: tredition GmbH, Hamburg
ISBN: 978-3-7482-4674-9 (Paperback)
          978-3-7482-4675-6 (Hardcover)
          978-3-7482-4676-3 (e-Book)

Umschlagfoto: Hans-Werner Lücker

Printed in Germany

INHALT

Komm auf die Schaukel, Luise!

Erwin Held ist schon immer ein Bastler und Tüftler gewesen. So gleicht sein Hobbykeller den gut ausgerüsteten Werkstätten eines Schreiners, Malers, Fliesenlegers, Elektrikers und Installateurs.

Nur die Geräte zur Gartenarbeit bewahrt er in einem Holzhaus auf, das er unmittelbar nach seiner Pensionierung vor drei Jahren selbst entworfen und auf der Wiese hinter dem alten Kastanienbaum errichtet hat.

Und da er sich seit jenen Tagen auch Großvater nennen darf, stehen jetzt – am letzten Wochenende im Juni – Sandkasten und Schaukel für die kleine Luise auf seiner To-do-Liste.

„Kriegst du das bis Montag auch wirklich hin?" Marion Held schaut von der Terrasse aus ihrem Mann zu, der im Schatten der Kastanie ein quadratisches Stück Rasen mit Holzpflöcken und Kordel absteckt.

„Na klar!", entgegnet der Gefragte, ohne von seiner Arbeit aufzublicken. Er weiß um die freudige, aber auch angespannte Stimmung seiner Frau.

Ab Montag wird an zwei Wochentagen ihr Enkelkind früh um acht von der dann wieder berufstätigen Schwiegertochter abgeliefert und erst nach dem Mittagessen wieder abgeholt werden.

„Die Holzumrandung liegt schon fertig zusammengeschraubt im Hobbykeller und die Schaukel muss ich nur noch an den Baum hängen", erklärt Erwin, als Marion zu ihm in den Garten tritt und sichtlich nervös um den Stamm der Kastanie kreist.

„Wir überbrücken doch nur ein paar Wochen, bis Luise im Herbst in die Kita geht."

Erwin bemüht sich, seine Frau, die einen Rundenstopp einlegt hat, weiter zu beruhigen.

Doch die starrt nur besorgt auf das abgesteckte Rasenstück. „Und was ist mit dem Sand?" „Wie – Sand? Marion, du hörst mir ja gar nicht zu!"

Der vorwurfsvolle Ton kommt bei der Angesprochenen gar nicht gut an. „Würde der gnädige Herr mich bitte **jetzt** darüber unterrichten, wann er die Füllung für den noch nicht einmal ausgehobenen Sandkasten zu besorgen gedenkt?" Dabei verleiht das gezischte „jetzt" der Spitze ihres Sprechfloretts den rechten Schliff.

„Der Baustoffhändler hat heute bis 16 Uhr geöffnet." Erwins Blick signalisiert, dass dies als Antwort reichen muss und er nun nicht weiter gestört werden will.

„Ach hol mir bitte, bevor du wieder reingehst, noch den Spaten aus dem Gartenhaus!"

Nach einer Stunde ist die Erde ausgehoben und fein säuberlich auf die umliegenden Beete verteilt. Erwin kontrolliert abschließend mit einem Zollstock die Maße der quadratischen Grube und wischt sich danach zufrieden mit dem Handrücken über die verschwitzte Stirn.

Nun muss er nur noch den Kofferraum des vor der Garage bereitstehenden Kombis herrichten. Die Einkaufsklappbox, der Regenschirm und die Notkiste mit Toilettenpapier, Ersatzöl, Wolldecke und Wasserflasche machen Platz für eine Abdeckplane, mit der er die Ladefläche auskleidet.

„Marion, ich fahre jetzt den Sand holen", tönt es aus dem Badezimmer. Als Erwin darauf ins Wohnzimmer tritt und sich mit einem Handtuch noch die gründlich gewaschenen Hände abtrocknet, blickt seine Ehefrau von ihrer Zeitungslektüre auf.

„Ich habe alles genau ausgerechnet. Ich hole einen halben Kubikmeter und bin bald wieder zurück." Marion nickt.

Genau bist du schon, aber auch furchtbar umständlich und langsam, denkt sie durch die ins Schloss fallende Haustür dem Gehenden hinterher.

Erwin traut seinen Augen nicht. Der Kombi geht in die Knie, obwohl er erst weniger als die Hälfte des abgemessenen Sandhaufens geladen hat.

„Das hätte ich Ihnen vorher sagen können, Herr Held." Der Angestellte der Baustofffirma grinst. „Wir werden uns dann noch einmal wiedersehen. Bis später!"

Frau Held schweigt, als ihr Gatte nach seiner dritten Fahrt und dem Füllen des Sandkastens sich einen Kaffee zur Stärkung erbittet. Sie kennt diesen Tunnelblick, mit dem er die von ihr emsig hingestellte Tasse fixiert.

„Und wenn es dunkel wird – ich montiere noch die Sitzumrandung und hänge auch die Schaukel auf." Marion seufzt. Sie hat nichts anderes erwartet.

Erwin greift sich seine Kaffeetasse und stiefelt in den Keller, um die notwendigen Gerätschaften aus dem Hobbyraum in den Garten zu verfrachten.

Die Holzumrandung sitzt wie angegossen und die Schaukel hängt auch schon an dem vor Tagen ausgewählten Ast der Kastanie, als Marion Held im Garten auftaucht.

„Gut, dass die Seile der Schaukel in der Länge verstellbar sind. So konnte ich die Neigung des Astes ausgleichen." Erwin wirkt nun sichtlich entspannter und fügt mit einem Anflug von Stolz hinzu: „Das Sitzbrett ist absolut waagrecht. Ich habe es mit der Wasserwaage ausgerichtet. Setz dich doch mal drauf, Marion!"

„Wenn du meinst." Der Kastanienbaum stöhnt, während unter der Last sein Astarm nachgibt. „Von wegen waagrecht!" Marion muss lachen.

Erwin runzelt die Stirn. „Wie viel wiegt Luise eigentlich?" Die Gefragte lässt die Kastanie wieder aufatmen und streicht mit beiden Händen den zerknitterten Rock glatt. „So etwa vierzehn Kilo denke ich."

„Dann tu mir bitte den Gefallen und bringe mir ein paar Plastiktüten und die Küchenwaage. Ich werde noch mit Sandgewichten die Neigung feststellen und sie dann mit den Halteseilen ausgleichen."

Als wenig später Marion mit den gewünschten Utensilien erscheint und mahnt: „Aber danach ist Schluss!", überwindet sich Erwin zu einem „Versprochen!"

Die Sonne hat schon das Regiment am Himmel übernommen, als am Montagmorgen die Großeltern Held vor der Haustüre auf Luise warten. Pünktlich um acht Uhr biegt der Kleinwagen in die Wohnstraße ein.

Das Kind läuft den Wartenden entgegen, während seine Mutter noch eine große Tasche aus dem Kofferraum fischt.

„Guten Morgen, mein Schatz!" Oma Marion herzt die Kleine, die ihr förmlich auf die Arme gesprungen ist.

Erwin geht der Schwiegertochter entgegen und nimmt ihr das Gepäck ab. „Da sind Luises Lieblingsspielsachen drin", erklärt die junge Frau.

Sie scheint die Aufgeregteste von allen zu sein. „Ich weiß nicht, ob das eine gute Idee war, unbedingt wieder arbeiten zu wollen."

„Mach dir keinen Kopf, Sabrina! Schau – die Kleine ist mit Marion schon im Haus verschwunden."

Erwin lächelt und deutet auf die Riesentasche. „Bei diesem schönen Wetter werden wir sicher im Garten spielen. Luise ist bei uns gut aufgehoben."

„Aber ich muss ihr doch Tschüss ... ". „Das kannst du dir für das nächste Mal aufheben." Er legt beruhigend seine Hand auf die Schulter der unschlüssig am Gartentor stehenden jungen Mutter.

„Fahr du jetzt mal los! Am ersten Arbeitstag ist Pünktlichkeit immer eine gute Visitenkarte." „Danke für alles!" Sabrina setzt sich ins Auto, startet den Motor und fährt los, um dann doch noch einmal anzuhalten.

„Ich bin spätestens um zwei Uhr wieder zurück", tönt es durch das offene Beifahrerfenster. „Lass dir Zeit, Sabrina!"

Erwin winkt seiner Schwiegertochter nach, bis ihr Wagen hinter der Hecke am Ende der Straße verschwindet. Dann geht er außen ums Haus herum in den Garten und dreht seine allmorgendliche Runde.

„Wo ist denn Opa?" Luise kniet auf der Eckbank am Frühstückstisch und lässt sich ein Brot mit selbstgemachter, frischer Erdbeermarmelade schmecken.

„Der ist bestimmt im Garten." „Warum?" „Er kümmert sich um die Blumen und Gemüsepflanzen." Marion Held reicht ihrem Enkelkind den neu angeschafften Kinderbecher mit Früchtetee. „Schatz, trink mal etwas!"

„Oma spielst du mit mir?" „Opa hat für dich draußen zwei Überraschungen vorbereitet." Luise springt von der Bank. „Zuerst noch das Brot aufessen!" Das Mädchen stopft sich die beiden verbliebenen zugeschnittenen Happen in ihren dafür eigentlich viel zu kleinen Mund und rennt los.

Großmutter Marion kommt auf dem Weg durch Flur, Wohnzimmer und offenstehender Terrassentür nur mühsam der Kleinen hinterher.

„Opa, wo bist du?" Die neugierigen Kinderaugen streifen erwartungsvoll über die gepflegte, akkurat geschnittene und am Vorabend gesprengte Rasenfläche.

„Hier am Kastanienbaum!" Der Gerufene winkt vehement mit den Armen. „Komm auf die Schaukel, Luise!"

Die Beine des Mädchens geraten fast ins Stolpern, als sie über das satte Grün zum Großvater laufen. Der empfängt die Enkeltochter mit beiden Händen und platziert sie mit einem Schwung durch die Luft auf das Sitzbrett der Schaukel.

„Opa, anschubsen!" Luise strahlt. „Aber schön festhalten!", mahnt Oma Marion, die mittlerweile – etwas außer Puste – auch unter der Kastanie angelangt ist.

Erwin tritt hinter das Mädchen und lenkt die Schaukel weit nach hinten aus. Auch er strahlt – noch.

Nach dem ersten Hin und Her verfinstert sich sein Blick. Luise schreit. „Halte dich an den Seilen fest!", ruft Marion besorgt. Die Schaukel schlingert bedrohlich – mal nach links – mal nach rechts. „Erwin, mach doch was!"

Der Aufgeforderte fängt nach einem Rückschwung das Schaukelbrett auf und führt es mit dem weinenden Kind behutsam in die Ruhelage. „Dann spielen wir halt im neuen Sandkasten, Luise." Doch die Worte erreichen nicht mehr die Ohren des Mädchens.

„Blöde Schaukel!", schluchzt die Kleine, während die Großmutter sie zur Terrasse trägt, sich auf einem Korbsessel niederlässt und tröstend über den sich an ihre Schulter kuschelnden Kinderkopf streicht.

Marions Blick fällt auf ihren noch immer ratlos erscheinenden Mann, der an Seilen und Brett hantiert, die leere Schaukel immer wieder schwingen lässt und deren fortdauerndes Schlingern mit einem Kopfschütteln quittiert.

Luise hat sich beruhigt und ist in Omas Armen eingeschlafen, als Erwin schließlich auf die Terrasse tritt und sich mit einem Schulterzucken vor die beiden stellt.

Seine Frau legt den Zeigefinger auf ihre geschlossenen Lippen. Er versteht und geht schweigend ins Haus.

„Ein Held war Opa heute wirklich nicht!", flüstert Marion und streichelt mit einem Seufzen liebevoll über den Rücken des schlafenden Kindes.

Klärendes Nachwort

Dass 0,5 Kubikmeter gewaschener Spielsand eine knappe Tonne wiegen, hätte Erwin Held ahnen und sich folglich auf mindestens zwei Fahrten einrichten können.

Sand ist deutlich schwerer als Wasser, über das man im schulischen Unterricht lernt und im Alltag bestätigt sieht, dass 1 Liter bzw. 1 Kubikmeter genau 1 Kilogramm bzw. 1 Tonne wiegt.

Das Schlingern der Schaukel kann man ihm aber nicht zum Vorwurf machen. Für deren gleichmäßiges Schwingen sind schon tiefere physikalische Kenntnisse notwendig.

Für den Laien mag es verblüffend erscheinen, dass allein die Seillänge des sogenannten Fadenpendels die Dauer für ein Hin und Her – fachsprachlich als Schwingungszeit **T** bezeichnet – bestimmt. Je länger das Seil, desto langsamer ist die Bewegung, d.h. desto größer ist der Wert von **T**.

Den genauen Zusammenhang kann man aus der zugehörigen Formel $T = 2\pi\sqrt{\frac{l}{g}}$ entnehmen. Darin ist **l** die Pendellänge und **g** die Erdbeschleunigung.

Das Schlingern der Schaukel entsteht dadurch, dass die Seite mit dem kürzeren Seil schon wieder zurückschwingt, während die andere noch nach vorne zum Umkehrpunkt unterwegs ist.

Großvater Held hätte entweder einen waagrechten Ast aussuchen müssen, um auch das Sitzbrett horizontal justieren zu können oder er hätte bei dem von ihm gewählten nach oben geneigten Ast die Schaukelseile gleichlang wählen und ein schräg ausgerichtetes Schaukelbrett dafür in Kauf nehmen müssen.

Ob Letzteres der kleinen Luise besser gefallen hätte, ist allerdings zu bezweifeln.

Bundesjugendspiele

Britta ist aufgeregt. Sie tänzelt nervös vor ihrem Startblock auf Bahn eins und wartet auf das Prozedere, das Oberstudienrat Gorris seit Jahren in gleicher Weise ebenso routiniert wie empathielos durchführt.

Er hält die mit Scharnieren verbundenen Hälften eines Holzbrettes in seinen Händen, die er mit den Worten „Auf die Plätze – fertig" zusammenführen und mit dem abschließenden „los!" aufeinander knallen lassen wird. Und das schon zum x-ten Mal an diesem Vormittag.

Auch Frau Frensch ist aufgeregt. Sie steht im Zieleinlauf der 75-Meter-Bahn und wartet auf das Startsignal durch Herrn Gorris.

Sie ist nicht nur neu an der Schule, sondern hat auch noch nie als Wettkampfrichterin bei Bundesjugendspielen fungiert – und das nun ausgerechnet in der Zeitnahme.

Viel lieber hätte sie ihre Premiere nebenan beim Schlagballweitwurf erlebt. Dort wäre mit Hilfe der alle fünf Meter aufgestellten Schildchen das Ablesen der Weiten für sie ein Leichtes gewesen.

Nun aber harrt sie mit der Stoppuhr in ihrer Hand der Dinge, die da kommen werden. „Sie nehmen Bahn eins!", instruiert Sportlehrer Lehmann noch die unsichere Kollegin, während die fünf Mädchen aus der Klasse 8b schon in ihren Startblöcken kauern.

„Wie funktioniert denn das Ding?" Die junge Lehrerin ist ratlos. „Grüne Taste heißt ‚Start', die rote dann ‚Stopp' und die blaue schließlich ‚Reset'."

Herr Lehmann bedeutet mit einer ganz wichtig inszenierten Handbewegung seinem Kollegen am Start noch zu warten.

Er pumpt sich auf, wohl um mit der doch etliche Zentimeter größeren Frau annähernd auf Augenhöhe zu sein.

„Werte Kollegin, wir üben das besser einmal." Er fasst die Hand der Angesprochenen und lenkt ihre Finger unter Wiederholung der Start-Stopp-Reset-Anweisung auf die Tasten der geduldigen Stoppuhr.

„Es reicht – ich hab 's kapiert!" Frau Frensch geht auf Distanz zu dem ihr allzu belehrend und auch aufdringlich erscheinenden kleinen Mann. Der zuckt nur mit den Achseln und signalisiert dem Kollegen Gorris am Start, dass die Gruppe der Zeitnehmer nun bereit ist.

Die Schülerinnen rennen los. Der Starter hat seine Schuldigkeit getan und lässt die Holzklappe an seinen Füßen ruhen. Jetzt liegt es nur noch an den Lehrkräften im Zieleinlauf, das Ende des Rennens geregelt über die Bühne zu bringen.

Britta auf Bahn eins kommt nur langsam in Schwung, aber sie kämpft sich voran und erreicht schließlich als Zweite die Ziellinie.

„Alle Läuferinnen zurück in ihre Bahn!" Herr Lehmann greift sich die Leitung. „Bitte die Zeit für die Läuferin auf Bahn eins!" Frau Frensch hält ihm ihre Stoppuhr hin.

„Zwölf Komma zwei", stellt der Sportlehrer fest und notiert sich den Wert in der Liste auf seinem Klemmbrett.

„Das kann nicht sein", interveniert der Kollege Mathematiklehrer neben ihm. „Die Erstplatzierte auf meiner Bahn fünf hat die gleiche Zeit und das bei gut einem Meter Vorsprung."

Die Lehrkräfte murmeln untereinander, während den beiden Mädchen – noch immer außer Atem – ein Fragezeichen auf der Stirn wächst.

Herr Lehmann ist um Klärung bemüht. Er erkundigt sich bei den anderen Zeitnehmern nach den Resultaten der übrigen Läuferinnen.

„Zwölf Komma vier für Bahn eins", entscheidet er und flüstert hinter vorgehaltener Hand zu Frau Frensch: „Liebe Kollegin, Sie müssen etwas falsch gemacht haben."

„Aber was?" Die junge Frau ist sich keiner Schuld bewusst. „Ich habe alles genau so gemacht, wie Sie es gesagt haben."

Der Angesprochene schnappt sich eine zweite Stoppuhr. „Ich werde beim nächsten Lauf auch die Zeit auf Ihrer Bahn eins nehmen," erklärt er wichtig und fügt, als er den beleidigten Blick seines Gegenübers registriert, noch schnell hinzu: „Rein zur Kontrolle!"

Die weiteren Durchgänge manifestieren den vermeintlichen Messfehler der sichtlich angespannt – aber ebenso konzentriert – agierenden Junglehrerin. Ihre gestoppten Zeiten liegen regelmäßig 0,2 Sekunden unter denen auf der Uhr ihres Kontrolleurs.

„Das muss an Ihrer zu langen Reaktionszeit beim Start liegen", stellt Lehmann nach drei Läufen fest und notiert sich – wie schon vorher – den von ihm gemessenen Wert in seiner Liste.

„Oder an diesem blöden Gerät hier!" Frau Frensch hängt dem verdutzten Kollegen die Stoppuhr um den Hals und verlässt den Ort des Geschehens. „Ich gehe zum Schlagballweitwurf."

Das ist vielleicht auch besser so, denkt sich Herr Lehmann, wagt aber nicht diesen Satz auch auszusprechen.

„Schade!", entweicht es stattdessen seinem Mund, denn den Abgang der jungen und hübschen Frau bedauert er insgeheim schon.

Klärendes Nachwort

Nein – es liegt nicht an einer zu langen Reaktionszeit. Diese beträgt beim Menschen ungefähr 0,2 Sekunden und tritt beim Start- **und** Stoppsignal auf. Selbst wenn sie größer oder kleiner wäre, würde das in der gemessenen Zeitspanne keinen Unterschied machen.

Es muss **entweder** beim Start **oder** Zieleinlauf ein Fehler vorliegen.

Hätte Herr Lehmann nur die neue Kollegin gefragt, auf **was** sie beim Tun des Starters Gorris reagierte, dann wäre ihm der Grund für die systematische Abweichung der von ihr gemessenen Zeiten sofort klargeworden.

Die Junglehrerin vertraute nämlich auf ihr Gehör und löste die Stoppuhr erst mit der akustischen Wahrnehmung des Knalls der zusammengeklappten Startbretthälften aus.

Nun breitet sich der Schall in Luft mit einer Geschwindigkeit von zirka 340 Meter pro Sekunde aus.

Folglich benötigt er für die 75-Meter-Laufstrecke ungefähr 0,22 Sekunden.

Das optische Erfassen des Startsignals geschieht bei einer Lichtgeschwindigkeit von 300000 Kilometer pro Sekunde nach 0,00000025 Sekunden (oder 0,25 Mikrosekunden) – also praktisch verzögerungsfrei.

Weil sich die übrigen Zeitnehmer beim Start auf ihre Augen verließen und dann an der Ziellinie bei deren Überschreiten die Stopptaste drückten – wie Frau Frensch auch, registrierte diese wegen des von ihr akustisch verspätet wahrgenommenen Startsignals regelmäßig eine um 0,2 Sekunden zu kurze Zeitspanne.

Salamander lebe hoch!

Wer der Deutschen über Fünfzig erinnert sich nicht an ihn – den Feuersalamander namens Lurchi?

Die Comicfigur im Werbeheft des Schuhherstellers „Salamander" unterhält seit vielen Jahrzehnten die Kinder, während Mutter und Vater für sich oder ihre Zöglinge nach der rechten Fußbekleidung suchen.

In bebilderten und über viele Jahre im Paarreim verfassten Geschichten hat Lurchi Abenteuer zu bestehen, die allesamt mit dem Spruch enden: „Lange schallt 's im Lande (Walde, Felde usw.) noch: Salamander lebe hoch!"

Dass hier eine geschickte Werbestrategie erfolgreich den Schuhkauf fördert, interessierte mich als Kind überhaupt nicht. Ich war nur gespannt auf das neue Heft mit dem grasgrünen Titelblatt.

Kein einziges Paar Schuhe, dessen Besitzer und Träger ich in diesen Jahren werden durfte, konnte sich in meinem Gedächtnis verewigen. Doch Lurchis Abenteuergeschichten fanden darin ihren Platz.

Eine Episode ist mir dabei bis heute besonders in Erinnerung geblieben.

Lurchi ist auf einem Segelschiff unterwegs. Mit an Bord sind seine Freunde: Der Frosch Hopps, der Zwerg Piping, der Mäuserich Mäusepiep, der Igel Igelmann und die Gelbbauchunke Unkerich.

Die Mannschaft hat ein Problem – es herrscht eine totale Windflaute. Die Segel hängen traurig schlaff an den drei Masten und das Schiff kommt keinen Meter auf der offenen See voran.

Natürlich hat Lurchi – wie bei allen Abenteuern, die er mit seinen Freunden meistern muss – wieder einmal die zündende Idee.

Er schlägt vor, dass sich alle nebeneinander aufstellen und mit der größtmöglichen Kraft ihrer Lungen in die auf Windböen wartende Takelage pusten.

Gesagt – getan! Die Bemühungen der verschworenen Gemeinschaft werden belohnt. Die Segel blähen sich auf, das Schiff gerät in Bewegung und gleitet mit voller Kraft voraus durch die Wogen.

Bestimmt endete die Geschichte sinngemäß mit den Versen: „Lange schallt 's auf Meeren noch: Salamander lebe hoch!"

Aber garantieren kann ich dafür nicht. Ich habe zwar lange, aber erfolglos nach dem Originalheft im Internet gesucht.

Klärendes Nachwort

So schön die geschilderte Lurchi-Episode die kindliche Fantasie beflügelt – so eklatant widerspricht sie der physikalischen Realität. Ich bezweifele, dass der Autor sich dessen bewusst war.

Ich habe die Geschichte jedenfalls in meiner aktiven Lehrerzeit beim Thema „Wechselwirkungsprinzip" in den Unterricht eingebaut.

In Sumpfgebieten bewegt man sich mit Booten, die über einen oberhalb der Wasserfläche montierten

Propeller verfügen, der sich nicht in den Wasserpflanzen verfangen kann. Er bläst die Luft nach hinten und lässt das Gefährt durch den sogenannten Rückstoss nach vorne gelangen.

Das Wechselwirkungsprinzip der Mechanik besagt: *Wirkt ein Körper A (hier der mit dem Boot verbundene Propeller) mit einer Kraft – der Actio – auf Körper B (hier die Luft), dann wirkt Körper B (Luft) mit einer entgegengesetzt gleichgroßen Kraft – Reactio – auf den Körper A (Boot).*
Jeder kann das beobachten, wenn er aus einem aufgeblasenen Luftballon die Luft entweichen lässt. Die elastische Hülle drückt die Luft nach hinten und diese bedankt sich damit, dass sie den Ballon nach vorne bewegt.

Zurück zum Segelschiff mit Lurchi und seinen Kameraden.
Ordnet man jedem der Agierenden die Funktion eines solchen nach vorne gerichteten und am Deck befestigten Propellers zu, dann erfährt das Schiff eine Kraft nach hinten und würde rückwärts fahren, wenn es keine Segel hätte.
Da aber diese gleichzeitig von der Luft aus den Lungen der Freunde aufgebläht werden und damit deren nach vorne weisende Actio übernehmen, greifen insgesamt an dem Schiffskörper zwei entgegengesetzt gleichgroße Kräfte an, die sich ausgleichen: Er bewegt sich keinen Zentimeter von der Stelle.

Eine verhängnisvolle Wette

Blaulicht im Freibad – Polizei und Rettungsdienst sind vor Ort. Hinter den Absperrungen rings um das Sprungbecken drängen sich in Badeanzügen, Shorts und Bikinis die Schaulustigen.

„Hast du das gesehen?" „Einfach krass – wie der vom Zehner gesprungen ist!" „Das hat richtig geknallt!" Einige der Versammelten sind nicht um einen sensationsgierigen Kommentar verlegen.

Während die Sanitäter den leblosen und blutverschmierten Körper eines jungen Mannes auf einer Trage in den Rettungswagen schieben, kümmert sich ein Polizeibeamter um den immer noch sprachlosen Schwimmmeister Schmidt.

Was ist passiert?" Der Gefragte ringt nach Worten. „Unmöglich! Das – das – das kann einfach nicht wahr sein!"

„Leider doch", mischt sich eine Stimme ein. Sie kommt aus dem Mund eines Badegastes, der unmittelbar hinter den beiden wartet und sich nun unter dem Absperrband hindurch nach vorne schlängelt.

„Michael ist mein Freund", erklärt er dem Polizisten. „Hätte ich mich doch nie auf die verdammte Wette eingelassen!" Der Beamte horcht auf. „Darf ich Sie um Ihren Namen bitten?" „Eric – Eric Frisch."

Und dann sprudeln nur so die Worte aus dem Mund des sichtlich schockierten jungen Mannes.

Michael und Eric waren unzertrennlich, wenn sie gemeinsam ihre Trainingseinheiten im Leichtathletikverein absolvierten. Sie fielen beide schon im frühen Teeniealter dem Übungsleiter als vielversprechende Talente für den Mehrkampf auf.

Während Eric besonders in den Wurfdisziplinen schnell technische Fortschritte machte, brillierte sein Freund im Sprint und Sprung. Michael stand bei den Jugendwettkämpfen regelmäßig auf dem Siegerpodest.

„Du kannst zwar schnell laufen, weit und hoch springen", konstatierte eines Tages der Trainer. „Aber im Kugelstoßen und im Werfen von Speer und Diskus sind deine Leistungen für einen erfolgreichen Mehrkampf immer noch viel zu sprunghaft."

„Sprung hört sich ja auch besser als Haft an", konterte Michael. „Die erlebe ich allerdings beim Training im Diskuswurfkäfig." Eric musste lachen.

Die beiden Freunde teilten auch ihre sonstige Freizeit miteinander. In den Sommermonaten trafen sie sich regelmäßig im städtischen Freibad. Dort fanden sie einen Höllenspaß daran, mit ihren Einlagen am Sprungbecken Badegäste und Schwimmmeister Schmidt zu ärgern.

Eric war der ungekrönte Meister der Arschbombe. Wenn er vom Dreimeterbrett sprang, blieb niemand der am Beckenrand sitzenden Besucher trocken.

Michael war mehr der Draufgänger. Er wartete immer darauf, dass die Zehn-Meter-Plattform geöffnet wurde, denn auf diese Höhe trauten sich nur wenige. Hier führte er dann seine ureigene Show auf.

Immer sprang er mit schnellem Anlauf und machte während des Fluges mit wilden Verrenkungen und lautem Geschrei auf sich aufmerksam. Dass er sich dabei nur selten um das Signal zur Sprung-freigabe aus Herrn Schmidts Trillerpfeife kümmerte, gefiel diesem überhaupt nicht.

So musste es kommen, dass der Schwimmmeister eines Tages Michael nach einem wieder einmal sehr eigenwilligen Sprung zu sich zitierte. „Du hast nicht auf meinen Pfiff gehört und bist schräg in Richtung Seitenrand gesprungen."

„Na und? Ist doch nichts passiert!" Michaels freches Grinsen verwandelte sich in ein ungläubiges Staunen, als Herr Schmidt ihm eröffnete: „Du hast einen Monat lang Sprungturmverbot."

„Aber ich kann doch nichts dafür, wenn das Becken zu klein gebaut wu ..." „Kein Aber! Vom Ein-Meter-Brett bis zur Zehn-Meter-Plattform will ich dich hier die nächsten vier Wochen nicht sehen."

Im Innersten gedemütigt und wütend trottete der Gescholtene zu Eric, der – wie immer – von einer Bank am Beckenrand aus die artistische Einlage seines Freundes beobachtet hatte.

„Von wegen einen Monat Sprungverbot! Der Schmidt wird sich noch wundern." Michael hätte am liebsten den Schwimmmeister samt Kleidern und Trillerpfeife ins Wasser geworfen.

„Dann springe ich solange auch nicht", versuchte Eric seinen Kumpel zu beruhigen und zu trösten.

„Darum geht es ja nicht." Michaels Blick verklärte sich auf eine fast beängstigende Weise. „Wetten, dass der sich noch bei mir entschuldigen und bedanken wird?"

„Wieso sollte er das?" Eric erschien das Wettangebot mehr als rätselhaft.

„Um eine Portion Pommes mit Bockwurst und ein Eis danach?", beharrte sein Gegenüber. „Na gut – die Wette gilt!"

Die beiden jungen Männer gingen zu ihrem Platz auf der Liegewiese, packten ihre Badesachen ein und schlenderten in Richtung Ausgang.

„Was machst du denn da?" Der Leichtathletiktrainer Arno Kowalski runzelte die Stirn, als er zu Michael an die Weitsprunganlage trat.

Der Junge lachte. „Ich teste nur so aus Spaß, ob ich weiter springen kann, wenn ich mich – statt auf dem Balken – am Grubenrand abstoße."

Sein Betreuer fand das gar nicht lustig. „Micha, was soll der Quatsch? Spring ordentlich – wie Eric auf der Anlage nebenan."

„Ist schon klar", beruhigte Michael seinen Trainer, war er sich doch nun insgeheim sicher, dass er auf diese verrückte und im Wettkampf nicht erlaubte Art größere Weiten erzielen konnte.

„Chef – ich möchte im Sprint noch schneller auf den ersten Metern nach dem Start werden." Das war der Ton, den Herr Kowalski von seinen Schützlingen liebte.

„Kein Problem, Micha! Ich werde dir dazu einen Trainingsplan ausarbeiten und das nächste Mal mitbringen."

Michael wusste, was sich gehört. „Vielen Dank, Arno!" Der Trainer bemühte sich ernst zu wirken. „Aber das Ganze nur unter der Bedingung, dass du mich mit deinen Eskapaden im Weitsprung verschonst."

Dann drehte er sich schnell um zur Nachbaranlage, ließ ein Lächeln über sein Gesicht huschen und diktierte dem auf den Absprungbalken zurennenden Eric: „Lang – kurz – lang – Sprung!"

Die nächsten Wochen übte Michael in den Trainingsstunden wie ein Besessener die Einheiten, die ihm Arno Kowalski zusammengestellt hatte.

Die Weitsprunggrube suchte er erst auf, wenn seine Leichtathletikkameraden schon unter der Dusche standen und er sich alleine heimlich seiner sonderbaren Technik widmen konnte.

„Mein Verbotsmonat müsste nun vorbei sein und der Hauptoberwichtigbademeister hat seinen Sprungturm geöffnet. Wir sollten den beiden einen Besuch abstatten." Michael hatte sich an einem heißen Sommernachmittag wieder einmal mit Eric zu einem Besuch im Freibad verabredet.

„Von mir aus, Micha. Aber ich schaue heute nur zu." Michael zuckte mit den Achseln. „Dann halte aber schon mal das Geld für Pommes, Wurst und Eis bereit, während ich meinen Supersprung vom Zehner abliefere."

Sein Freund erinnerte sich wieder. „Ach so! Deine komische Wette habe ich glatt vergessen."

Die beiden schlenderten zum Sprungbecken. Eric setzte sich auf eine Bank am Beckenrand und beobachtete, wie Michael mit langsamen, kraftvollen Bewegungen die Leiterstufen des Sprungturms emporstieg. Dabei zelebrierte er jeden seiner Schritte auf eine zirkusreife Art, bis er schließlich die höchste Plattform erreichte.

Die um das Becken versammelten Badegäste verstummten, als der Schwimmmeister mit seiner Trillerpfeife den Sprung freigab.

Doch Michael ließ sich Zeit. Er genehmigte sich in aller Ruhe Dehnungs- und Lockerungsübungen, wie er sie vor dem Start zum Sprint zu absolvieren pflegte.

Herr Schmidt ließ seinen Kontrollblick über die Wasseroberfläche schweifen, um sicher zu sein, dass sich keiner mehr im Becken aufhielt. Dann hob er auffordernd seine rechte Hand in Richtung Plattform und ließ seine Trillerpfeife erneut ertönen – hörbar lauter und eindringlicher als zuvor.

Michael ließ sich nicht beirren. Sein Blick suchte und fand den Freund, der wie die anderen Badegäste gespannt auf den Sprung wartete. „Eric, die Wette gilt!"

Er hielt den Daumen hoch, lehnte seinen Oberkörper weit nach hinten über das rückwärtige Geländer, nahm Schwung und sprintete los.

„Michael hat auf der Zehn-Meter-Plattform einen Sprint hingelegt." Aufmerksam lauscht der Polizeibeamte Erics Worten.

„An der Vorderkante hat er sich dann so kräftig nach vorne und auch nach oben abgestoßen, dass er mit seinem Kopfsprung in hohem Bogen bis kurz vor den gegenüberliegenden Beckenrand flog."

Schwimmmeister Schmidt nickt. „So etwas habe ich noch nie gesehen." Er legt seine Hand auf Erics Schulter. „Dabei ist dein Freund nach dem Eintau-

chen mit dem Kopf voll gegen die Beckenwand geknallt."

Tränen fluten Erics Augen und strömen über
seine Wangen. „Und dabei wollte er mit seinem
Sprung nur Ihnen und mir imponieren. Verdammte
Wette!"

Klärendes Nachwort

Diese Geschichte spukt schon seit Jugendzeiten in
meinem Kopf herum. Ich habe mir immer vorgestellt,
dass in dem 1962 eröffneten Freibad meiner Heimatstadt ein solcher Unfall passieren könnte.

Dort existierte an einem separaten und fünf Meter
tiefen Becken ein imposanter Sprungturm, der
schließlich im Jahr 2005 einem Sprengmeister in die
Hände fiel, weil der Bau eines neuen Bades leider
beschlossene Sache war.

Lange habe ich recherchiert, um an die alten
Beckenmaße zu kommen. Der Archivar des städtischen Bauamtes erklärte mir, dass er über keine Unterlagen des ehemaligen Bades verfügt.

Eine Nachfrage bei den Stadtwerken, unter deren
Zuständigkeit es betrieben wurde, blieb zunächst
unbeantwortet.

Dann versuchte ich den vor dem Abbruch dienst-
habenden Schwimmmeister zu kontaktieren. Sein
Name war mir noch präsent und alles Restliche
musste Google besorgen.

Eine über den dort gefundenen „aktuellen" Arbeitgeber an ihn gerichtete Email ergab allerdings außer einer Lesebestätigung keine weitere Auskunft.

Schließlich bemühte ich meinen Facebook-Account. In der Gruppe meiner Heimatstadt waren sich alle Zeitgenossen einig, dass das Sprungbecken auf jeden Fall quadratisch gewesen wäre.

Dabei kristallisierte sich mit dem Blick auf die von Nutzern geposteten Bilder der ehemaligen Anlage eine Seitenlänge von fünfzehn bis zwanzig Meter heraus.

Zwei Facebook-Kontakte erinnerten sich sogar, ohne dass ich dies ins Gespräch gebracht hatte, an einen Springer, der tatsächlich mit dem Beckenrand kollidiert sein sollte.

Und dann klingelte eines Tages das Telefon. Ein freundlicher Herr der Stadtwerke teilte mir mit, dass er aufgrund meiner Emailanfrage im Archiv gestöbert und alte Bauzeichnungen des Freibades gefunden hätte. Gerne würde er mir Fotokopien auf dem Postweg zukommen lassen. Wie geil war das denn!?

Nach dem Studieren der Unterlagen ergab sich eine horizontale Strecke von 16 Metern, die einem Springer von der Vorderkante der Zehn-Meter-Plattform bis zum gegenüberliegenden Beckenrand als „Sprunggrube" zur Verfügung stand.

Damit war die Richtlinie des internationalen Dachverbandes der nationalen Schwimm- und Sprungverbände FINA (Fédération Internationale de Natation) mehr als erfüllt. Diese legt den Sicherheitsabstand des Lotes der Zehn-Meter-Plattform zum gegenüberliegenden Beckenrand auf 13,50 Meter fest.

Das Restliche ist „nur" noch reine Physik – nämlich die des sogenannten waagrechten bzw. schiefen Wurfes, d.h. der Absprung erfolgt horizontal bzw. mit einem gewissen Winkel α nach oben.

Um den physikalischen Laien vor der Betrachtung einer wirklich nicht einfachen Formel bei seiner Alltagserfahrung abzuholen, stelle er sich vor, dass er in einem Zug sitzt, der mit einer Geschwindigkeit von

$$108\frac{km}{h} = 30\frac{m}{s}$$ unterwegs ist.

Fällt ihm sein Schlüsselbund aus 2,50 Metern Höhe aus dem Fenster, was ungefähr 0,7 Sekunden dauert, legen die Schlüssel noch eine horizontale

Strecke von $30\frac{m}{s} \cdot 0,7s = 21m$ zurück, ehe sie vor

dem mitfahrenden Betrachter auf den Boden treffen.

Die horizontale Bewegung des Zuges und der vertikale Fall des Schlüsselbundes überlagern sich ungestört – was auch gut ist. Ansonsten könnte man sich während der Fahrt z.B. keinen Kaffee einschenken, ohne die Tasse in der Hand zu verfehlen.

Ausführlich wird das sogenannte Überlagerungsprinzip im Nachwort zur Geschichte „Literarischer Schwimmunterricht" betrachtet (siehe Seite 70).

Zurück zum Sprung aus zehn Metern Höhe. Die nachfolgende Abbildung 1 zeigt die möglichen Flugbahnen bei verschiedenen Winkeln zur Horizontalen, wenn die Absprunggeschwindigkeit 10 m/s beträgt. Dieser Wert ist als Sicherheitsgrenze zu verstehen, da man ihn kaum erreichen kann.

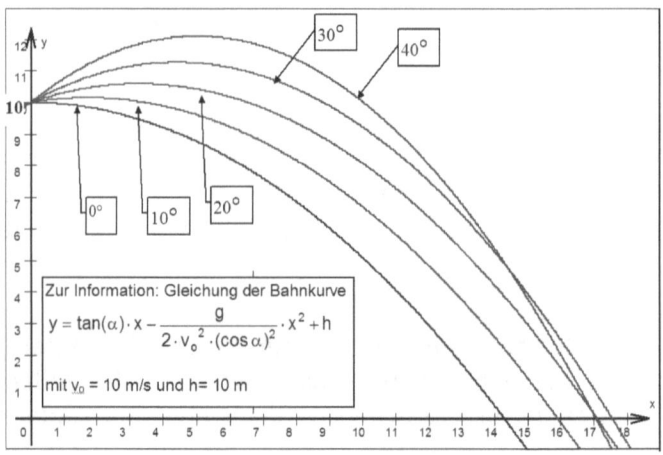

Abbildung 1

Konsultiert man die Ergebnisse sportwissenschaft-licher Untersuchungen zum Sprint und Weitsprung eines Leichtathleten und zum Startsprung eines Schwimmers, dann ist für einen sehr gut trainierten Sportler eine Absprunggeschwindigkeit von maximal 9 m/s noch realistisch.

In diesem Fall (siehe Abbildung 2) ergibt sich bei dem Winkel 30° eine Sprungweite von 15,2 Metern und für 8,5 m/s immerhin noch 14,2 Meter.

Die FINA-Richtlinie erscheint dabei mit dem Wert von 13,5 Metern deutlich zu kurz gegriffen.

Auch das 16-Meter-Maß des ehemaligen Sprung-beckens meiner Heimatstadt kann eine Kollision mit dem Beckenrand nicht wirklich ausschließen, da nach dem Eintauchen die Vorwärtsbewegung noch anhält. Ein möglicher Rückenwind während des Sprungs trägt das Seine dazu bei.

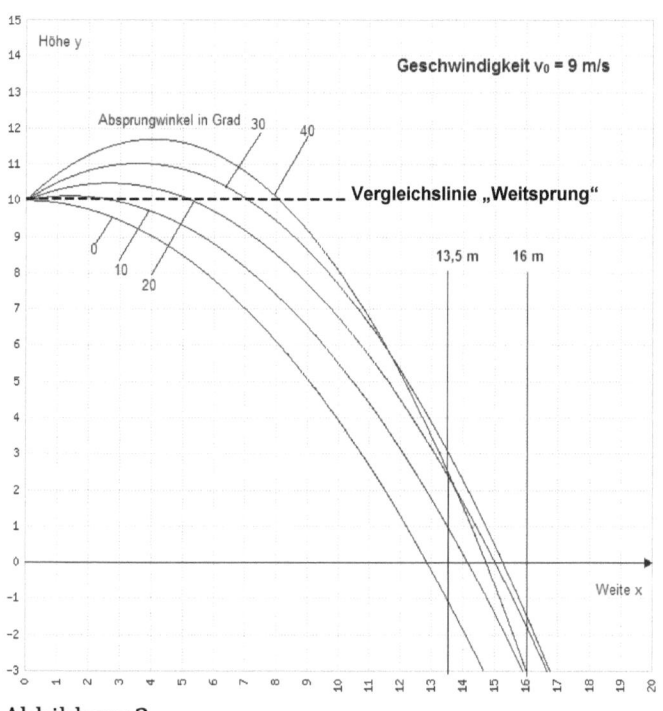

Abbildung 2

Außerdem gelten die geschilderten Betrachtungen für die Bewegung des Körperschwerpunktes, der beim erwachsenen Menschen ungefähr in Hüfthöhe liegt.

Das bedeutet für einen Kopfsprung, dass die Länge des Oberkörpers die Distanz zum Beckenrand noch verkürzt.

Die Geschichte von Michael und Eric könnte sich demnach wirklich ereignet haben.

Ein Flop, der zum Erfolg wurde

Oktober 1968. Ich hatte gerade meinen fünfzehnten Geburtstag gefeiert und freute mich auf die Olympischen Spiele in Mexiko-Stadt. In der Freizeit nach Schulunterricht und Hausaufgaben galt jeder Art von Sport mein ungetrübtes Interesse.

Ich spielte schon seit meinem achten Lebensjahr Fußball im Verein und trainierte seit einem Jahr parallel dazu Volleyball im schuleigenen Club. Mein Sportlehrer meinte, dafür ein Talent in mir entdeckt zu haben.

Neben diesen Mannschaftssportarten fand ich auch besonderen Gefallen an den Disziplinen der Leichtathletik. Das persönliche Ringen um Sekunden und Zentimeter mit stetigem Verbessern der Laufzeiten, Sprunghöhen und Wurfweiten nach nimmermüdem Training imponierte mir.

So veranstaltete ich in den Sommerferien des Olympiajahres im weitläufigen Garten der Großeltern auf dem Land einen Zehnkampf – ganz für mich alleine. Außer Stabhochsprung und Hürdenlauf waren dabei alle sonst üblichen Disziplinen vertreten.

Der Speer aus dem Haselnussstrauch, die Kugel in Form eines im Bachbett gefundenen dicken Steines und die als Hochsprunglatte zwischen Apfel- und Pflaumenbaum gespannte Hanfkordel dienten mir dabei als Sportgeräte. Und ich warf, stieß und sprang stundenlang – immer um eine Leistungssteigerung bemüht.

Leider hatten wir in Rheinland-Pfalz während der Olympischen Spiele in Mexiko noch keine Herbstferien. Auch die Zeitverschiebung von sieben Stunden in Richtung früherer Uhrzeit sorgte dafür, dass ich im Fernsehen die meisten Wettbewerbe nur als Aufzeichnungen und Zusammenfassungen verfolgen konnte.

Aber das Finale im Hochsprung der Männer fand glücklicherweise an einem Sonntag, dem 20. Oktober 1968, statt.

Ich war gespannt auf mein Idol – den deutschen Athleten Thomas Zacharias, dessen Vater Helmut als damals im Fernsehen omnipräsenter Geiger die ältere Zuschauergeneration begeisterte.

Doch Thomas war, wie ich dann erfuhr, leider schon am Vortag in der Qualifikation ausgeschieden. So hockte ich vor dem Bildschirm und schaute mir den Endkampf der verbliebenen Teilnehmer an.

„Was macht der denn?" Meine ins Wohnzimmer gestellte Frage ruft Monika herbei. „Was ist denn los?" Irgendwie schaut meine ältere Schwester besorgt auf mich und dann auf das Fernsehgerät.

Ich bin immer noch perplex. „Der ist rückwärts gesprungen!" „Ist das schlimm?" Monika hat keinen Durchblick. Wie sollte sie den auch haben?

„Alle springen den Straddle – nur dieser verrückte Amerikaner nicht", ereifere ich mich. „Komischer Name", meint meine Schwester und zuckt mit den Schultern.

„Ach, lass mich doch in Ruhe weitergucken!" Ihr beleidigter Gesichtsausdruck kann mich in diesem

Moment nicht berühren. Dafür ist das Geschehen auf dem Bildschirm zu spannend.

Der Rückwärtsspringer Dick Fosbury aus den USA schafft alle Höhen bis 2,20 Meter im ersten Versuch. Nur ein Sowjetrusse tut es ihm darin gleich und ein amerikanischer Landsmann bleibt trotz einiger Fehlversuche noch im Wettkampf.

An 2,22 Metern scheitert der Europäer, während Fosbury diese Höhe locker im ersten Versuch nimmt.

Für mich grenzt es an eine zirkusreife Artistenvorstellung, wie sich der gerade mal Einundzwanzigjährige mit seinem zum Hohlkreuz gekrümmten Rücken um die Latte wickelt.

Während diese gerade von seinem Gesäß überquert wird, ist der Oberkörper schon und der Unterkörper noch unterhalb von ihr. Die Landung auf der Matte endet mit einer Rolle rückwärts.

Die Zuschauer im Stadion und der Kommentator im Fernsehen wirken ebenso ungläubig – aber auch begeistert – wie ich, der im heimischen Wohnzimmer schließlich den Olympiasieg des Dick Fosbury erlebt.

Er überspringt 2,24 Meter, die für seinen Landsmann einfach zu hoch sind. An der Weltrekordhöhe von 2,29 Meter scheitert jedoch auch der neue Olympiasieger.

„Und? Hat der Straddle nun gewonnen?" Monika steht plötzlich wieder im Wohnzimmer. „Nein – er hat auf der ganzen Linie verloren."

Meine Schwester scheint mehr als nur etwas verwirrt zu sein. „Linie? Ich dachte, dass die über eine Latte springen müssen."

Sie hat immer noch keinen Durchblick. Wie sollte sie den denn auch so schnell gewonnen haben?

Klärendes Nachwort

Die 1968 in Mexiko uraufgeführte Hochsprungtechnik sollte erst in den Jahren danach unter dem Namen „Fosburyflop" ihre – heute im Rückblick gesehen – legendäre Bedeutung gewinnen.

Seit 1980 bedienen sich alle führenden Springer des Flops, der damit Dick Fosbury zum Schreiber einer Erfolgsgeschichte werden lässt.

Worin bestehen aber die Vorteile dieses Sprungstiles gegenüber dem bis noch in die Siebzigerjahre hinein zu Weltrekordhöhen praktizierten Straddle oder Wälzer?

Der Sportlehrer wird sicher die leichtere Art des Lehrens und Lernens als Grund anführen.

Ein Mediziner wird die Schaumstoffmatten nennen, die eine waghalsigere Landung erlauben als die Sand- und Sägemehlhaufen früherer Zeiten.

Der Physiker aber wird den Körperschwerpunkt (KSP) des Springers als entscheidend betrachten.

Im KSP kann man sich die gesamte Masse vereinigt vorstellen. Je höher er beim Sprung gebracht werden muss, desto mehr Kraft ist erforderlich.

So haben hochgewachsene Sportler einen Vorteil – vor allem wenn sie über einen kurzen Rumpf und relativ dazu lange Extremitäten verfügen (siehe Abbildung 3).

Abbildung 3

Durch die extreme Biegung des Rückens und die spezielle Arm- und Beinhaltung kann bei einem vollendeten Fosburyflop der KSP sogar unterhalb der Latte liegen (siehe Abbildung 4).

Abbildung 4

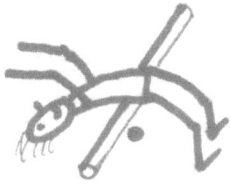

Wahrscheinlich sind alle Betrachtungsweisen auf ihre Art berechtigt und geben zusammen eine schlüssige Erklärung dafür, dass der Flop kein Flop wurde.

Was für eine Überraschung!

Susanne Kurz verschlägt es fast die Sprache, als sie ihr Geburtstagsgeschenk auspackt. „Was für eine Überraschung, Christian!"

Herr Kurz lächelt verlegen und stolz zugleich. „Schön, wenn sie dir gefällt, Susi." Die Augen seiner Frau glänzen vor Freude. Sie kann gar nicht aufhören, mit den Händen über den bunt gewebten Stoff zu streichen.

„Eine Hängematte", seufzt sie entrückt. „Eine Hängematte – nur für mich." „Natürlich nur für dich", pflichtet ihr der Ehemann bei. „Schließlich hast **du** heute Geburtstag."

Die Beschenkte freut sich stumm. Sie kann einfach nicht den Blick von dem Stoffbündel in ihren Händen lösen.

Christian übernimmt die Initiative. „Komm, lass sie uns einmal in ganzer Länge ausbreiten."

Gesagt – getan. Die Breite des Wohnzimmers reicht kaum, um die Hängematte auf dem Teppichboden auszurollen. „Die ist aber groß. Wo willst du sie denn aufhängen?" Susannes Lächeln verabschiedet sich.

„Vier Meter sind der Standard", erklärt ihr Gatte und lacht. „Im Wohnzimmer willst du doch bestimmt nicht auf ihr liegen – oder?"

Bevor sie antworten kann, fügt er noch hinzu: „Ich dachte an den lauschigen Platz unter den beiden Apfelbäumen im Garten."

„Aber die stehen doch viel weiter auseinander, als die Hängematte lang ist." Susanne will ihre anfängliche Freude immer noch nicht wiederfinden.

„Sei doch nicht immer so skeptisch, Schatz!" Christian kann einen gewissen Unmut nicht verbergen. Das kommt gar nicht gut bei an seiner Frau.

„Nenne mich bitte nicht ‚Schatz', wenn du sogar an meinem Geburtstag Streit suchst."

„Psst!" Christian legt seinen Zeigefinger auf Susannes Mund und wiegt sie zärtlich, aber bestimmt in seinen Armen. „Alles ist gut. Du wirst es morgen sehen."

Sein unvermittelter und lang anhaltender Kuss gibt ihr keine Chance zu widersprechen.

Christian steht am nächsten Tag früh auf und schleicht barfuß aus dem Schlafzimmer, um seine Frau nicht aufzuwecken.

Er steigt in seine Jeans, streift sich ein T-Shirt über und wirft in der Küche die Kaffeemaschine an.

„Zähneputzen muss vorher sein", erklärt er dem Spiegel des Badezimmerschranks und lässt die elektrische Zahnbürste ihre Arbeit tun.

Der Kaffee hat mittlerweile die Warmhaltekanne gefüllt. Christian gönnt sich einen kleinen Schluck aus seinem Lieblingsbecher und stiefelt dann – mit Hängematte, Befestigungsseil und Schere bewaffnet – in den Garten.

Für den gut sechs Meter großen Abstand der beiden Apfelbäume schneidet er passende Stücke des Seils zurecht, knüpft diese an die Hängematte und schlingt sie – mit einem breitrandigen Rindenschutz versehen – um die Baumstämme.

Das passt. Christian ist zufrieden. Er geht ins Haus, deckt den Frühstückstisch und fischt die Tageszeitung aus dem Briefkasten.

Während er Brötchen kauend im Lokalteil vertieft ist, hört er Schritte im Treppenhaus und danach das Schließen der Badezimmertür.

„Guten Morgen, mein Schatz!" Ein Lächeln umspielt seinen Mund, als Susanne frisch gestylt die Küche betritt. „Frühstücke erst mal gemütlich, bevor wir dein Geburtstagsgeschenk im Garten einweihen."

„Hast du die Hängematte etwa schon montiert?" Susanne sucht ungläubig eine Antwort in Christians Augen. „Lass dich überraschen!"

Eine halbe Stunde später stehen die beiden im Garten vor den Apfelbäumen. „Sind die Seile auch stark genug?" Susanne beäugt mit kritischem Blick die Konstruktion.

„Natürlich!", erwidert der Gefragte stolz. „Die haben eine Tragkraft von tausend Newton." Damit erntet er aber von seiner Ehefrau nur ein Stirnrunzeln.

„Newton? Herr Kurz, geht es auch weniger wissenschaftlich?" Christian muss lachen. „Klar – jedes Seilstück hält gut hundert Kilogramm."

Susanne findet das gar nicht witzig. „So schwer bin ich ja nun auch wieder nicht!" „Ach Schatz, leg dich doch einfach einmal rein und genieße!"

Vorsichtig steigt die Aufgeforderte rücklings in die Hängematte und lässt sich sinken. Und sie sinkt sehr tief.

„Der Stoff fühlt sich gut an und das leichte Schaukeln ist auch schön, aber …".

„Aber was?", fällt Christian etwas ungehalten Susanne ins Wort. „Meine Lage ist ziemlich ungemütlich. Ich fühle mich hier gekrümmt wie ein Baby im Mutterleib."

Nur mit Mühe steigt Susanne wieder aus der Matte und schaut sich ihr Geburtstagsgeschenk prüfend an. „Kannst du sie nicht so anbringen, dass ich darin nicht so stark durchhänge?"

Christian überlegt einen Augenblick. „Das krieg ich schon hin. Bevor ich mein Mittagsschläfchen mache, wirst du eine Hängematte vorfinden, in der du himmlisch dösen kannst."

Die seiner Frau ins Gesicht geschriebene Skepsis macht einem liebevollen Lächeln Platz.

Nach dem Mittagessen stiefelt Christian in den Garten und lässt sich in seinen Liegestuhl sinken. Er röchelt schon genüsslich im traumbesetzten Nirwana, als Susanne ihm folgt.

Sie steigt in die Hängematte, deren Aufhängeseile nun kürzer und damit stärker gespannt sind. Ja – jetzt liegt sie gut und fühlt sich wohl. Die Idylle im heimischen Grün scheint perfekt zu sein.

Ein dumpfes Geräusch – begleitet von einem grellen Schrei – reißt Christian aus seinen Träumen.

„Was für eine böse Überraschung!", schallt es in seinen noch von der realen Welt entrückten Ohren. Während er sich den Schlaf aus den Augen reibt, rappelt sich Susanne mühsam auf der Wiese hoch.

Hinter ihrem Kopf baumelt die Hängematte – nur noch mit einem Ende am Baumstamm befestigt – verloren hin und her.

Klärendes Nachwort

Wie konnte eines der 1000 Newton (N) starken Befestigungsseile reißen, wenn Susanne doch nur 60 kg wiegt, was einer Gewichtskraft F_G von ungefähr 600 Newton entspricht (vergleiche Abbildung 5)?

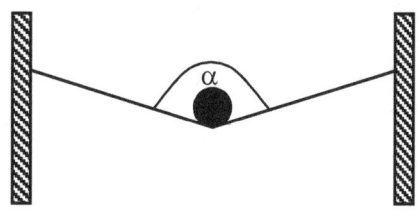

Abbildung 5

Die für viele naheliegende Vorstellung, dass jede Seilhälfte dann nur 300 N auszuhalten hat, wird dem physikalischen Sachverhalt nur in dem Sonderfall gerecht, dass der Winkel α (siehe Abbildung 6) 0° beträgt.

Abbildung 6

Doch müssten in diesem Fall die Bäume dicht nebeneinander stehen. Die Hälften der Hängematte hingen dann senkrecht nach unten und man könnte sich allenfalls wie auf einer Schaukel sitzend in ihr aufhalten.

Mit größeren Winkelwerten – Susanne wollte ja möglichst waagrecht liegen – wachsen die Kräfte auf die beiden Befestigungsseile.

Die folgende Abbildung 7 verdeutlicht dies.

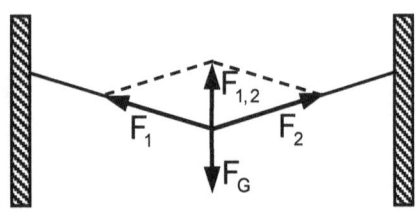

Abbildung 7

Die gleichgroßen Teilkräfte F_1 und F_2 der Seilhälften addieren sich vektoriell zur Gesamtkraft $F_{1,2}$, die Susannes Gewichtskraft F_G das Gleichgewicht halten muss.

An der Länge der Kraftpfeile ist erkennbar, dass im gezeigten Beispiel **jede** der Teilkräfte **allein** schon größer ist als die Last.

Die rechnerische Lösung (siehe Anhang Seite 165) ergibt für die in Susannes Augen noch sehr ungemütliche Lage ($\alpha = 90°$) eine Kraft von 424 N für jede Seilhälfte, was deutlich unter der Belastungsgrenze 1000 N liegt.

Mit Christians geänderter Aufhängung, bei der die Hängematte fast waagrecht ($\alpha = 170°$) angebracht ist, wirkt auf jeder Seite die Kraft 3442 N.

Um die Seile nicht zu überlasten, hätte er die Hängematte maximal bis zu einem Winkel von $\alpha = 145°$ spannen dürfen.

Damit war das Reißen mindestens eines der Seile vorprogrammiert, was Susanne dann auch schmerzlich erfahren musste.

Bungeespringen ist nichts für Babys

Was tut man als Physiklehrer nicht alles, um sein Fach den anvertrauten Jugendlichen schmackhaft zu machen.

Ich warte montags mit meiner neunten Klasse am Ufer der Wied – einem kleinen Nebenfluss des Rheins – darauf, dass Sarah mit ihrer Babypuppe unsere Berechnungen zum Bungeespringen testet.

Irgendwie ist das Ganze verrückt, aber die Mitschülerinnen und Mitschüler des Mädchens auf der Flussbrücke scheinen motiviert und richtig gespannt zu sein.

In der vorausgehenden Unterrichtsreihe stand der Energieerhaltungssatz der Mechanik auf dem Programm. Da ich ein Gähnen auf Schülerseite von Beginn an vermeiden wollte, warf ich in der ersten Stunde den Lehrercomputer und den Beamer an.

„Jan, suche uns mal bitte einen Videoclip über das Bungeespringen!" Der Junge sprang freudig auf, eilte nach vorne zum PC und tippte als Suchwort „Banchispringen" in die Tastatur.

„Das schreibt man aber anders!", mischte sich Lena aus der ersten Tischreihe ein. „Google versteht mich auch so", konterte Jan grinsend, lasen doch nun alle auf der Leinwand über der Tafel die zum Thema passenden Links.

„Was soll ich denn auswählen?" Der Junge blickte mich unschlüssig an. „Das überlasse ich dir, Jan."

Darauf sahen wir uns ein Video an, das einen Sprung von der 192 Meter hohen Europabrücke bei Innsbruck zeigte.

„Krass!" Lena war beeindruckt wie der Rest der Klasse – zumal es so schien, dass der junge Mann am Gummiseil fast den Erdboden erreichte.

„Noch einmal?", fragte Jan. „Warte noch einen Augenblick!", entgegnete ich. „Schaut alle genau hin und notiert dabei die Größen, die euch für das Gelingen des Sprunges wesentlich erscheinen."

Nach dem zweiten Abspielen des Videos blickte Jan mich erwartungsvoll an. „Nein – das reicht nun."

„Schade!" Enttäuscht trottete er zurück auf seinen Platz in der letzten Tischreihe.

Es dauerte eine Weile, bis sich die Klasse wieder auf den Unterricht konzentrieren wollte. Dann entlockte ich ihr ohne größere Probleme, dass die Höhe der Brücke, die Masse des Springers und die Länge bzw. Stärke des Gummiseiles entscheidend wären.

Die Betrachtung der Energiebilanz erwies sich aber als schwieriger, weil sich die meisten Schüler auf die Geschwindigkeit **v** und somit auf die Bewegungsenergie **während** des Sprunges konzentrierten.

Schließlich konnte ich im Tafelbild festhalten:
Lageenergie oben (mit v = 0 m/s) = elastische Energie unten (mit v = 0 m/s).

Als Hausaufgabe stellte ich neben der obligatorischen Wiederholung des Stundenstoffes die Übertragung unserer Ergebnisse in eine Gleichung, die eine Berechnung der Seillänge erlaubt, wenn alle anderen Größen vorgegeben sind.

Dass Letzteres für die meisten eine Überforderung darstellte, war mir schon in dem Moment klar, als ich es ausgesprochen hatte.

So benötigte ich eine weitere Unterrichtsstunde, um die Physik des Bungeespringens – mit einem zugegebenermaßen recht lehrerdominanten Auftritt – mathematisch so aufzubereiten, dass die Neuntklässler darin einen Wiedererkennungswert finden konnten.

„Ihr habt ja gerade in Mathematik die quadratische Gleichung durchgenommen. Dank ihr können wir nun die Länge des Seiles so berechnen, damit es bei maximaler Dehnung genau bis zum Boden reicht."

Ich gab der Klasse Beispielwerte für die Sprunghöhe, die Masse des Springers und der Härte des Gummiseiles vor. Schülerhirne und Taschenrechner wurden aktiv und lieferten das richtige Ergebnis.

„Tja – die Mathematik ist eben nur eine Hilfswissenschaft der Physik." Dass ich in meinem Mathematikunterricht umgekehrt die Physik immer als bloße Anwendung der großen Rechenkunst erkläre, verschwieg ich mit einem hintergründigen Lächeln.

„Aber warum weiß ich nun, dass unsere Rechung auch richtig ist?" Lena warf ihren Zweifel mitten in den Physiksaal.

„Weil wir sie im Experiment testen werden." Ich holte aus meiner Schultasche eine Zauberschnur, die ich vor vielen Jahren meinen Kindern zum Spielen gekauft hatte. Das ein Zentimeter dicke rote Gummiseil war ungefähr zehn Meter lang und hatte an den Enden je eine Schlaufe.

„Aber daran kann man doch keinen Menschen hängen." Lenas Tischnachbarin Sarah machte ihrem Unmut Luft.

„Natürlich nicht!", entgegnete ich. „Wir werden ein Zwei-Kilogramm-Gewicht nehmen und von der Wiedbrücke werfen."

Sarah gefiel das nicht so recht. „Können wir nicht meine alte Babypuppe nehmen? Die wiegt ungefähr das Gleiche und wirkt doch viel natürlicher." Mir gefiel der Vorschlag.

„Na klar – bring sie zur nächsten Physikstunde mit. Wir müssen dann nur noch berechnen, welche Länge der Zauberschnur zu wählen ist, damit deine Puppe nicht nass wird."

Das Mädchen schien zufrieden zu sein, auch wenn die Jungs in der Klasse sich ein Grinsen nicht verkneifen konnten oder wollten.

Die darauffolgende Unterrichtstunde diente alleine zur Vorbereitung unseres Experimentes.

Eine Schülergruppe wog die Puppe, die Sarah in einen schicken Strampelanzug gesteckt hatte. Eine andere bestimmte die Härte der Zauberschnur – die sogenannte Federhärte – und ich steuerte die von mir am Vortag abgemessene Höhe des Brückengeländers über der Wasseroberfläche bei.

Der Rest der Klasse berechnete dann mit diesen Ergebnissen die erforderliche Länge der Schnur, während ich durch die Tischreihen ging. Ein Junge kam mit der Formel nicht zurecht.

„Das Seil darf doch nicht länger sein, als die Brücke hoch ist." Mein Hinweis half Felix auf die Sprünge.

„Dann nehme ich besser die zweite Lösung der quadratischen Gleichung." „Richtig!", erwiderte ich und blickte dem nächsten Schüler über die Schulter. „Das hier sieht gut aus."

Am Ende der Stunde hielt ich auf der Tafel fest: *Erforderliche Seillänge 7,68 m.* Dann holte ich ein Maßband, legte es entlang der Zauberschnur und machte in diese einen Knoten an der berechneten Stelle.

„Sarah, an dieser Marke musst du das Seil am Montag fest in der Hand halten." „Wieso denn ich?" Das Mädchen schaute fragend und ziemlich verstört in die Runde ihrer Mitschüler.

„Natürlich du!", gab ich lächelnd zur Antwort. „Schließlich handelt es sich doch um **dein** Baby."

Irgendwie ist das Ganze verrückt, aber die Klasse unter der Wiedbrücke scheint motiviert und richtig gespannt zu sein.

Sarah hat ihre Stellung am Geländer bezogen und wartet auf mein Kommando. Sie hält ihre Puppe im Strampelanzug fast liebevoll auf dem Arm und bemerkt gar nicht den Linienbus, der hinter ihr auf der Brückenfahrbahn vor einer roten Ampel hält.

Zwei älteren im Bus sitzenden Frauen fallen fast die Augen aus dem Kopf, als das Mädchen vor ihnen die Schlaufe der Zauberschnur dem Baby um den Hals legt.

Auf meinen Zuruf hin lässt Sarah ihre Puppe fallen, die – durch das Gummiseil kaum gebremst – voll auf die Wasseroberfläche knallt.

Der Bus fährt los und zwingt die beiden irritierten Damen zu einer Kopfverrenkung, wie sie sonst nur unter Eulen üblich ist.

Das Experiment ist gründlich misslungen und hinterlässt eine zwischen Belustigung und Enttäuschung hin- und hergerissene Klasse und einen zunächst einmal ratlosen Lehrer.

Klärendes Nachwort

Pädagogisch war die Unternehmung ein Erfolg. Die Klasse zollte dem gesamten Tun eine für mich ungewohnte Aufmerksamkeit. Selbst die „Physikhasser" konnten dem Ausflug zur Wiedbrücke zumindest einen gewissen Unterhaltungswert abgewinnen.

Aber die physikalische Niederlage wollte ich nicht tatenlos hinnehmen. Wenn das Gummiseil zu lang gewesen war und wir uns nicht verrechnet hatten, dann musste der Fehler in der Bestimmung der Federkonstanten **D** gelegen haben.

Meine Nachfrage bei der dafür verantwortlichen Gruppe ergab, dass die Schüler an ein 1 Meter langes Stück der Zauberschnur ein Kilogramm gehängt und dabei eine Verlängerung von 0,20 Meter gemessen hatten.

Mit der Berechnungsformel $D = \dfrac{1\ \text{kg} \cdot 9{,}81\ \text{N/kg}}{0{,}2\ \text{m}}$ war dann der Wert 49,05 N/m ermittelt worden.

Der aufmerksame Leser wird nun bemerken, dass die im Sprungexperiment schließlich verwendete Länge des Gummiseiles aber fast achtmal so groß war.

Hätte man daran das 1-kg-Gewicht gehängt, wäre die Verlängerung knapp 8 · 0,20 Meter = 1,60 Meter gewesen, was folglich einem kleineren D-Wert von ungefähr 6,13 N/m entspräche.

Einfacher ausgedrückt: Die verwendete Zauberschnur war viel weicher, als wir sie für unsere Rechnung angenommen hatten. Sarahs Babypuppe hatte keine Chance, den Bungeesprung trocken zu überstehen.

Das Problem, die Federkonstante für eine Gummiseillänge zu bestimmen, die man noch gar nicht kennt, hatte ich nicht bedacht. Seine Lösung, die mein Ehrgeiz mir im Nachhinein erfolgreich diktierte, wäre in mathematischer Hinsicht auch eine Überforderung für die Neuntklässler gewesen.

So ließ ich einige Schuljahre später meinen neuen Physik-Leistungskurs in der elften Jahrgangsstufe, nachdem ich die Episode vom Baby-Bungeespringen zum Besten gegeben hatte, sich die Korrektur von Rechnung und Experiment auf die Fahnen schreiben.

Nur wählte ich statt der Wiedbrücke das Schultreppenhaus und statt einer Puppe einen Sandsack, was dem physikalischen Verständnis des reinen Jungmännerkurses auch eher entsprach.

Der interessierte Leser findet die in der neunten Klasse durchgeführte Rechnung und deren Korrektur im Leistungskurs ausführlich auf Seite 166.

Ri-ra-rutsch!

Gegen Ende der sechziger Jahre des letzten Jahrhunderts glich das Studentenleben in jeder Hinsicht einem sportlichen Abenteuer.

Der Spagat zwischen dem Besuch der Vorlesungen und der Teilnahme an einer Demonstration, das nächtliche Stehen an der Theke der aktuell angesagten Kneipe und der ewige Kampf gegen alles, was die Eltern als Vertreter des Establishments diktierten, waren die täglichen Trainingseinheiten.

Auch Guido Höhler war ein solcher Abenteurer. Er hatte sich einen Studienort ausgesucht, der möglichst weit von seiner Heimatstadt entfernt lag und damit seinen Vater nötigte, Anschaffung und Unterhaltung eines grasgrünen VW-Käfers zu finanzieren.

Dabei fuhr er nicht oft nach Hause, wohnte er doch in einer behaglichen Studentenbude und genoss an den Wochenenden alle Freiheiten, die ihm die Universitätsstadt bot.

Dass Guido Sportlehrer am Gymnasium werden wollte, hatte er schon vor dem Abitur beschlossen. Doch war ihm danach die Wahl des zweiten Faches schwergefallen.

„Nimm auf jeden Fall Mathematik oder eine Naturwissenschaft!", hatte ihm der Vater geraten. „Mit der klassischen Loserkombination Sport und Geografie wirst du niemals eine Stelle bekommen."

Herr Höhler musste es wissen, war er schließlich selbst Schulleiter eines Gymnasiums.

„Mathematik, Physik und Chemie kannst du vergessen, Papa!" Der Sohn hatte nicht lange überlegen müssen. „Dann studiere ich eben Biologie als zweites Fach."

Mittlerweile war Guido im fünften Semester. Eigentlich stand für ihn die Zwischenprüfung an – aber die hatte er auf das nächste Sommersemester verschoben. In den Wintermonaten wollte er den ihm noch fehlenden Schein in der Veranstaltung „Physik für Biologen" machen.

Aber diesem Wollen folgte nicht das entsprechende Tun. Dafür hätte er sich auf den Hosenboden setzen müssen, wie es sein Vater regelmäßig aus der Ferne anmahnte – wusste der doch um die Schwierigkeiten des Sohnes im Umgang mit physikalischen Fragestellungen und der damit einhergehenden Mathematik.

Nur fand Guido nicht die geringste Lust an der Beschäftigung mit Kräfteaddition, elektrischen Schaltungen und Gesetzen optischer Linsen.

Er steckte lieber seine Energie in das Doppelkopfspiel mit seinen Kumpels, genoss es beim Abtanzen in der Studentendisco unter Strom zu stehen und nahm gerne die Schönheiten des anderen Geschlechtes genau unter die Lupe.

Als Guido an einem Januarabend wieder einmal sehr spät mit seinem Käfer auf dem Weg zu seiner Studentenbude unterwegs ist, gerät er in eine Polizeikontrolle.

„Haben Sie Alkohol getrunken?" Diese Frage hätte ihn einen Tag zuvor noch in Verlegenheit gebracht.

„Ja – drei Bier, aber das sind noch lange keine 1,3 Promille!" Er grinst den Beamten frech an.

Den anschließenden Test mit dem Blasröhrchen lässt er entspannt über sich ergehen.

„In Ordnung", meint der Polizist. „Sag ich doch!". Guido will weiterfahren.

„Nicht so forsch junger Mann!" Der Beamte setzt seinen Kontrollblick auf und umrundet mit auffällig langsamen Schritten das Auto, obwohl Schneeregen eingesetzt hat. An der Motorhaube bückt er sich und legt prüfend seine Hand auf einen Reifen.

Dann schlendert er zu seinem Kollegen, der im Streifenwagen wartet. Er scheint sich mit ihm zu beraten. Jedenfalls vergeht einige Zeit, bis er schließlich zum VW zurückkehrt.

„Ich verzichte ausnahmsweise auf ein Bußgeld. Aber Sie sollten unbedingt die abgefahrenen Reifen auswechseln." Guido quittiert die Worte mit einem stummen Nicken.

„Dann noch eine gute Fahrt!" Der Polizist hat es plötzlich eilig. „So ein Sauwetter!", brummt er vor sich hin und steuert mit schnellen Schritten auf den Streifenwagen zu.

Als Guido in seine Wohnstraße einbiegt, findet er keinen Parkplatz und dreht deshalb noch eine Runde um den Häuserblock. Aber vergeblich.

„Mist!" Er hat keine Lust länger zu suchen, um dann womöglich eine weite Strecke durch den Regen laufen zu müssen.

Er erinnert sich daran, dass ihm sein Vermieter Herr Graf beim Einzug anbot: „Im Notfall können Sie in meiner Garageneinfahrt parken."

Und genau das macht Guido nun und zieht, wie es sein Hausherr ihm väterlich aufgetragen hat, die Handbremse fest an. Das Gefälle der Einfahrt ist aber auch wirklich beträchtlich.

Im Zimmer angekommen holt sich der Spätheimkehrer noch ein Bier aus dem Kühlschrank. Das gesparte Bußgeld muss schließlich gefeiert werden.

Trotzdem wollen ihm die abgefahrenen Reifen nicht aus dem Kopf gehen. Er öffnet das Fenster, um noch einmal nach seinem Auto zu schauen. Der Käfer steht felsenfest. Zwar hat der Schneeregen aufgehört, aber es scheint kälter geworden zu sein.

Schließlich wirft er sich zufrieden in das noch von der letzten Nacht zerwühlte Bett und zieht sich eine zusätzliche Wolldecke über seine nun doch ziemlich müden Glieder.

Ein lautes Klopfen an der Zimmertür schreckt Guido am nächsten Morgen aus dem Schlaf. Es ist noch dunkel draußen und nur die Leuchtanzeige des Radioweckers auf der Fensterbank wirft ein schwaches Licht in den Raum.

Mensch, erst sieben Uhr! Verschlafen rappelt er sich aus seinem Bett hoch. Wieder klopft es.

„Herr Höhler, machen Sie mal auf!" Die Stimme des Vermieters klingt nicht gerade geduldig.

Langsam dämmert es Guido. „Einen Moment Herr Graf, ich komme." Schnell steigt er in seine Jogginghose, streift sich ein Sweatshirt über und stolpert zur Tür.

„Ja ich weiß – Sie müssen zur Arbeit und mein Käfer versperrt die Einfahrt", entschuldigt er sich, bevor sein Gegenüber das Wort ergreifen kann.

„Wenn es nur das wäre", entgegnet der sichtlich aufgebrachte Mann im Türrahmen. „Sie haben – in welchem Zustand auch immer – mit ihrem Wagen meine Garage demoliert." Guidos Unterkiefer klappt herunter. „Das kann nicht sein!"

Ein stummer Wink der Vermieterhand führt ihn ins Freie an den Ort des Geschehens. Guido traut seinen Augen nicht.

Sein geliebter grüner Käfer klebt mit der verbeulten Kofferraumhaube an dem noch stärker verformten Blech des grauen Garagentors.

„Das kann einfach nicht sein!", wiederholt sich der junge Mann ungläubig. Zu mehr fehlen ihm in diesem Moment die Worte.

Klärendes Nachwort

Hätte sich Guido während Schulzeit und Studium etwas intensiver mit dem Fach Physik beschäftigt, könnte er sich das Geschehen in der Winternacht erklären.

Dass sein VW-Käfer mit angezogener Handbremse und folglich blockierten Rädern in der abschüssigen Einfahrt zunächst nicht ins Rutschen gerät, verhindert die sogenannte Haftreibungskraft.

Die Erfahrungen des Wanderers im Gebirge oder des Winzers bei der Weinlese im steilen Wingert bestätigen dies im Alltag auf eine wohl jedem verständliche Art.

Dabei hängt die Größe dieser Kraft vom Material sowohl des Untergrundes als auch des darauf stehenden Körpers ab. Eine Gummisohle mit Profil ist auf trockenem Asphalt wesentlich rutschfester als eine glatte Ledersohle auf regennasser Straße.

Man kann für jedes Paar von Materialien den Grenzwinkel α berechnen (siehe Abbildung 8), bei dem der betrachtete Gegenstand gerade noch nicht – oder schon – ins Rutschen gerät.

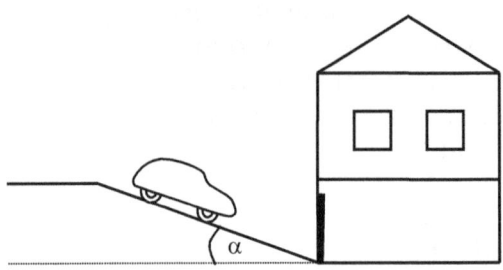

Abbildung 8

Für die Reifen eines Autos auf nassem Beton ergibt sich α=26,6°, aber auf Eis nur α=5,7°, was einem Gefälle von 50% bzw. 10% entspricht (vergleiche Anhang Seite 169).

Der Neigungswinkel der Garageneinfahrt im Hause des Vermieters muss zwischen diesen beiden Werten gelegen haben.

Ein realistisches Beispiel – 2,5 Meter Gefälle auf einer Streckelänge von 10 Metern – ergibt einen Winkel α=14,5°.

Deshalb bleibt Guidos Käfer auf dem regennassen Untergrund noch problemlos stehen. Aber die dann nachts in den Frostbereich sinkenden Temperaturen geben dem Wagen keine Chance: Das sich bildende Eis auf dem Beton senkt die Haftreibungskraft und lässt den Wagen auf das Garagentor rutschen.

Literarischer Schwimmunterricht*

Während eines Ferienaufenthaltes am Meer las ich den internationalen Bestseller „Das Café am Rande der Welt" von John Strelecky.

Ich nahm das relativ dünne Taschenbuch mit an den Strand und widmete mich vor der herrlichen Sonnen-, Wellen- und Möwenkulisse der „Erzählung über den Sinn des Lebens" – wie der Untertitel bedeutungsvoll ankündigte.

Nach dem ersten Viertel der 127 Seiten hatte ich eigentlich genug – wiederholte sich in meinen Augen der Autor doch in seinen Aussagen. Aber ich hielt durch – schließlich war ich im Urlaub und hatte alle Zeit der Welt.

In Kapitel 6 erfuhr ich von der Begegnung der Protagonistin des Buches – die Kellnerin Casey – mit einer grünen Meeresschildkröte.

Die Quintessenz der Geschichte, die Strelecky gleichnishaft als ultimativen Lebensratschlag stilisiert, liegt im Schwimmverhalten der Schildkröte.

Wenn die Wellen in Richtung Strand auf sie zurollen, schont sie sich, um dann bei vollem Krafteinsatz mit den zurücklaufenden Wogen weit auf das offene Meer zu gelangen.

Ich stutzte und las die betreffenden Seiten ein zweites Mal. Dann klappte ich das Buch zu, schaute

---

* Diese Episode aus meinem Buch „Mathe konnte ich noch nie!" findet wegen ihres physikalischen Hintergrundes hier Aufnahme.

auf das Hin und Her der Wellen vor meinen Füßen und griff zu meinem Notizbuch.

Eigentlich dient dieses für das Aufschreiben meiner lyrischen Ideen. Aber jetzt musste es für ein paar Rechnungen herhalten.

So schön sich John Strelecky die Geschichte der grünen Meeresschildkröte als Metapher auch erdacht hat, so falsch ist sie in ihrer Aussage, was die physikalisch-mathematische Realität betrifft.

Klärendes Nachwort

In der Physik lehrt und lernt man das sogenannte Überlagerungs – oder Unabhängigkeitsprinzip.

Es besagt, dass sich Teilbewegungen ungestört und unabhängig voneinander überlagern.

Man kann dies auf einer Rolltreppe im Kaufhaus, auf dem Laufband im Fitnessstudio oder bei einer Rheinschifffahrt stromauf- und abwärts leibhaftig erfahren.

Geschwindigkeiten gleichgerichteter Bewegungen addieren sich, während im entgegengerichteten Fall subtrahiert wird – was z. B. zum Treten auf der Stelle führt, wenn man sich auf einem Laufband so schnell bewegt, wie es einem entgegenkommt.

Für den Fall, dass die Einzelbewegungen unter einem Winkel erfolgen, sei auf das Beispiel einer Flussfähre im Anhang (Seite 171) hingewiesen.

Zurück zur Meeresschildkröte. In den folgenden Beispielsfällen wird angenommen, dass sich die Wellen jeweils 10 Sekunden lang mit 1 m/s im Wechsel auf den Strand zu- bzw. von ihm wegbewegen und die

Kraft der Schildkröte ausreicht, sich im stehenden Gewässer mit 2 m/s vorwärts zu bewegen. Will sie sich erholen, schwimmt sie mit nur 1 m/s.

Abbildung 9

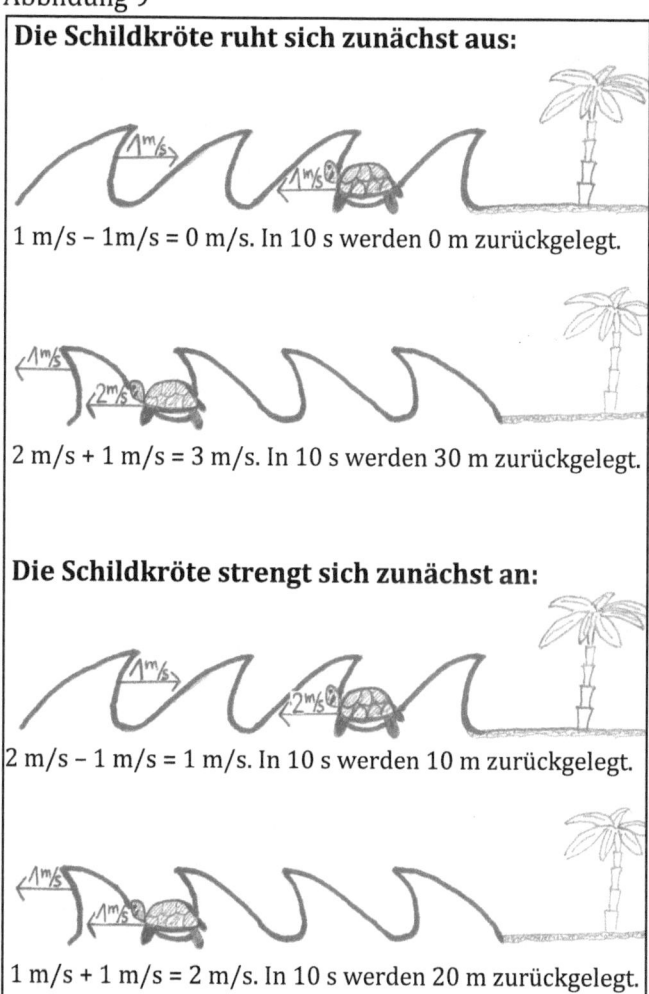

Die Schildkröte ruht sich zunächst aus:

1 m/s – 1m/s = 0 m/s. In 10 s werden 0 m zurückgelegt.

2 m/s + 1 m/s = 3 m/s. In 10 s werden 30 m zurückgelegt.

Die Schildkröte strengt sich zunächst an:

2 m/s – 1 m/s = 1 m/s. In 10 s werden 10 m zurückgelegt.

1 m/s + 1 m/s = 2 m/s. In 10 s werden 20 m zurückgelegt.

Die Abbildung 9 zeigt, dass es gleichgültig ist, in welcher Phase die Schildkröte welche Geschwindigkeit einsetzt – sie kommt im 20-Sekunden-Intervall einer hin- **und** rücklaufenden Welle immer 30 Meter weit ins offene Meer.

Teuflisch

Kevin wird in zwei Wochen achtzehn und dann will er ihn endlich haben – den Lappen. Alle seine Freunde nennen den Führerschein schon ihr Eigen.

Und sie prahlen damit, obwohl – außer Marc – jeder noch auf das elterliche Auto angewiesen ist, um seine vermeintlichen Fahrkünste vorzuführen.

So sitzen die jungen Männer an einem Freitagabend Anfang November 2012 mal wieder zu viert im nigelnagelneuen flotten VW Golf, den Marcs gut betuchter Vater seinem Sohn spendiert hat. Sie sind unterwegs zu einem Hardrock-Konzert.

„Damit es nicht wieder heißt: Kevin allein zu Haus!", frotzelt Viktor auf dem Beifahrersitz, als sein führerscheinloser Freund als Letzter zusteigt und sich neben Jan und Merlin auf den Rücksitz zwängt. Die beiden lachen.

„Mit seinem Fahrrad hätte er schon heute Mittag losfahren müssen." Marc grinst in den Rückspiegel.

„Ich habe am Montag meine letzte Fahrstunde vor der praktischen Prüfung." Insgeheim nervt Kevin die Überheblichkeit seiner Freunde. „Eine Überlandfahrt", fügt er noch hinzu.

„Dann pass gut auf!" Marc tritt aufs Gaspedal und legt einen Kavaliersstart hin.

Die Fahrt führt über die B 42 am Rhein entlang nach Bonn zum Brückenforum. Die Jungs unterhalten sich angeregt über die CoverBand AC/BC, die dort heute Abend auftreten wird.

Nur Kevin schweigt. Er verfolgt interessiert und angestrengt zugleich das Verkehrsgeschehen.

„Sag doch auch mal was!" Jan stupst mit dem Ellbogen aufmunternd in die Rippen seines Sitznachbarn. Kevin wird aus seinen Gedanken gerissen. „Warum fährt Marc so dicht auf?"

„Weil jetzt eine Stelle kommt, an der ich endlich den lahmen Brummi vor uns überholen kann", antwortet Marc in den Rückspiegel blickend, schaltet einen Gang runter, blinkt und schert aus.

Obwohl der Golf enorm beschleunigt, muss der junge Mann am Steuer unmittelbar vor dem doch ziemlich langen LKW wieder auf die rechte Fahrbahn wechseln. Ein entgegenkommender Audi A6 hat sich bedrohlich genähert.

„Das war aber knapp!", stellt Kevin fest. Marc zeigt sich unbeeindruckt. „Ich nenne es gekonnt." Dann kramt er eine CD aus der Konsole und schiebt sie in den Player.

„Highway to Hell", tönt es aus den Boxen. „Wie passend!", lacht Viktor und stimmt lauthals in den Song von AC/DC ein.

„Und – war es schön?" Kevins Mutter ist noch wach, als ihr Sohn in der Nacht die Haustür aufschließt.

„Ja – es war in Ordnung. Nur bin ich froh, wenn ich bald selbst fahren darf." Ehe die besorgt blickende Frau weiter nachfragen kann, fährt Kevin fort: „Ich bin hundemüde und muss jetzt ins Bett."

Während er die Treppe hochgeht, ruft ihm die Mutter hinterher: „Aber Zähneputzen nicht vergessen!" „Morgen, Mama, morgen!"

Ohne sich noch einmal umzudrehen, verschwindet er in seinem Zimmer und kümmert sich nicht um das mit einem Seufzen begleitete Kopfschütteln unten im Flur.

Am Montagnachmittag wartet Herr Meschke mit dem Fahrschulauto – auch ein VW Golf – vor der Berufsschule in Neuwied auf Kevin. „Wir werden nach Linz und wieder zurück fahren", erfährt dieser, nachdem er einstiegen ist.

Während er sich den Sitz und die Rückspiegel einstellt, eröffnet ihm der Fahrlehrer: „Ich habe dich zur praktischen Prüfung angemeldet. Am kommenden Freitag um 9 Uhr. Bitte sei eine Viertelstunde vorher am TÜV-Gebäude. Aber jetzt erst mal auf zur Überlandfahrt – los geht's!"

Unter grau verhangenem Novemberhimmel steuert Kevin den Wagen aus der Innenstadt auf die B 42. Die Fahrt führt an den Stadtteilen Irlich und Feldkirchen vorbei durch den Weinort Leutesdorf.

Hier muss sich der junge Fahrer darauf konzentrieren, die Höchstgeschwindigkeit 50 km/h einzuhalten, weil im fließenden Berufsverkehr selbst die LKWs zu schnell auf der Hauptstraße unterwegs sind.

Herr Meschke wirft einen kritischen Blick in seinen Rückspiegel. „Lass dich nicht beirren, auch wenn unser Hintermann meint, er müsse uns in den Kofferraum fahren."

„Aber unangenehm ist das schon", beichtet Kevin und wischt sich die schweißnassen Hände an seiner Jeans ab. „Beide Hände ans Steuer!" Dem Fahrlehrer entgeht offensichtlich rein gar nichts.

Auf dem neu ausgebauten, schnurgeraden Straßenabschnitt bei Hammerstein bremst Kevin – im Gegensatz zu den meisten anderen Verkehrsteilnehmern – auf die an den beiden Ortseinfahrten vorgeschriebenen 70 km/h ab. Das wohlgefällige Nicken seines Beifahrers sorgt dafür, dass sich seine nervöse Anspannung legt.

„Kann ich hier überholen?" Er erinnert sich an die Bonnfahrt mit seinen Freunden und erkennt die Stelle auf der Ortsumgehung Rheinbrohls wieder.

„Nein", entgegnet Herr Meschke. „Das könntest du nur, wenn unser Vordermann langsamer unterwegs wäre." Kevin bleibt hartnäckig. „Es ist doch alles frei!"

„Noch." Der Fahrlehrer wird ungeduldig. „Du darfst ja nicht schneller als 100 km/h fahren. Wenn dann während des Überholens der Teufel persönlich hinter der Kurve auftaucht und dir entgegenfliegt, wirst du bemerken, dass die einsehbare Strecke zu kurz gewesen ist."

„Aber mein Freund hat ...". „Kein aber! Und denk dran: Sicherheitsabstand gleich halber Tacho." Kevin nickt kleinlaut und geht vom Gas.

„Gut so!" Herr Meschke lehnt sich zufrieden auf seinem Sitz zurück.

In Linz kehrt das Fahrschulauto um. Der Verkehr hat inzwischen in beiden Richtungen noch zugenommen, so dass auf der Rückfahrt sich jegliches Überholen von selbst verbietet.

„Wir sehen uns am Freitagmorgen." Herr Meschke steigt vor Kevins Elternhaus aus dem Wagen und wechselt auf die Fahrerseite.

„Du warst für heute mein letzter Schüler", erklärt er noch vor dem Losfahren. „Dann noch einen schönen Feierabend, Herr Meschke!" „Danke!"

Der junge Mann auf dem Bürgersteig schaut nachdenklich dem sich entfernenden Golf hinterher.

Knapp drei Wochen später ist Kevin mit seinen Freunden wieder zu einem Konzert unterwegs. Im Kölner E-Werk treten die Metal-Bands Opeth und Anathema auf.

Diesmal sitzt er am Steuer, hat er doch nach der erfolgreichen Führerscheinprüfung darauf bestanden, heute den Chauffeur spielen zu dürfen.

Im Passat Kombi, dessen Schlüssel ihm sein Vater mit den Worten „Fahr bitte vorsichtig!" anvertraut hat, haben es sich seine vier Begleiter gemütlich gemacht.

„Geräumig ist die Familienkutsche deines Alten schon." Marc streckt auf der Beifahrerseite genüsslich seine langen Beine aus. „Aber kannst du eigentlich richtig über das Armaturenbrett gucken?"

Kevin versucht seinen Ärger nicht zu zeigen und kontert: „Es kann ja nicht jeder so ein langer Lulatsch wie du sein". Insgeheim denkt er sich aber: *Du blöder Angeber!*

Den Jungs im Wagenfond entgehen die Frotzeleien der beiden Akteure auf den Vordersitzen. Sie stimmen sich mit ihren an die Ohren gestöpselten Handys auf die Musik des Abends ein.

„Warum bremst du denn jetzt ab?", fragt Marc ungeduldig, als Kevin auf dem Straßenabschnitt bei Hammerstein vom Gas geht.

„Weil auf dem Schild ‚Siebzig' steht und ich der Fahrer bin." Das sitzt für den Moment.

„Wo sind wir?" Viktor lehnt sich auf dem Rücksitz nach vorne und steckt seinen Kopf zwischen Fahrer und Beifahrer. Marc zieht ihm die Stöpsel aus den Ohren. „Kurz vor Rheinbrohl."

Viktor will das nicht glauben. „Erst? Hoffentlich kommen wir nicht zu spät." Zu Kevin gewandt fügt er hinzu: „Kannst du nicht etwas schneller fahren?"

„Meine Rede", pflichtet Marc ihm bei. „Aber unser frischgebackener Chauffeur findet das Gaspedal nicht."

„Was ist denn los?", ruft Jan von hinten und schaltet seinen Player aus. Merlin tut es ihm gleich und schaut irritiert nach vorne. „Ich hab wohl etwas versäumt."

Kevin ist ziemlich genervt. „Die Autos vor mir sind auch nicht schneller."

Auf dem geraden Stück der Umgehungsstraße bei Rheinbrohl rollt vor ihnen in mäßigem Tempo eine Wagenkolonne.

„Dann häng dich gefälligst an den BMW, der gerade ausschert!" Marcs Stimme klingt kompromisslos. „Mach schon!", drängt auch Viktor.

Auf dem Rücksitz ist es mucksmäuschenstill, als Kevin einen Gang zurückschaltet und mit Vollgas auf die linke Fahrbahn wechselt. Das Herz schlägt ihm bis zum Hals.

Plötzlich taucht aus der vorausliegenden Kurve Gegenverkehr auf.

„Halt drauf!" Marc realisiert, dass sie nicht mehr in die Kolonne einscheren können.

Die Sekunden dehnen sich wie Kaugummi und schieben den entgegenkommenden Wagen immer näher heran.

Merlin starrt gebannt über Kevins Schultern auf die Straße. „Euch muss der Teufel geritten haben!"

Seine Stimme überschlägt sich, als der enteilte BMW unmittelbar vor der Wagenkolonne wieder nach rechts einscheren kann. „Oh mein Gott!"

Dann gibt es einen fürchterlich lauten Knall.

Unfall auf B 42 bei Rheinbrohl: Zwei schwer verletzte Autofahrer

21.11.2012, 20:58 Uhr

Rheinbrohl – Zwei schwer Verletzte und ein Schaden von geschätzten 20 000 Euro sind die Bilanz eines Unfalls auf der B 42 in Höhe Rheinbrohl.

Laut Polizei haben etwa um 17.30 Uhr zwei Fahrzeuge in Richtung Linz eine Kolonne aus mehreren Autos überholt. Der vordere Wagen scherte rechtzeitig vor dem herannahenden Gegenverkehr wieder ein. Das dahinter fahrende Auto schaffte das nicht mehr und kollidierte mit einem entgegenkommenden Fahrzeug. Beim Frontalzusammenstoß zogen sich die beide Fahrer schwere Verletzungen zu. Die B 42 blieb laut Polizei zwei Stunden gesperrt.*

* Auszug aus einem Bericht der Rhein-Zeitung:
https://www.rhein-zeitung.de/region/lokales/neuwied_artikel,-unfall-auf-b-42-bei-rheinbrohl-zwei-schwer--autofahrer-_arid,516512.html (aufgerufen am 24.11.2018)

Bemerkung: Die Episode habe ich nach der Lektüre des zitierten Berichtes frei erfunden. Nur die beiden Konzerte haben tatsächlich an den genannten Tagen stattgefunden.

Klärendes Nachwort

Die drei in der Episode geschilderten Situationen spielen alle auf dem gleichen, zirka 500 Meter frei einsehbaren Straßenabschnitt der B 42 bei Rheinbrohl.

Ihnen ist gemeinsam, dass die Fahrer die Länge der während des Überholmanövers tatsächlich zurückgelegten Strecke unterschätzen.

Dies liegt daran, dass man allzu leicht die Bewegung nur **relativ** zum vorausfahrenden Fahrzeug wahrnimmt. Man schiebt sich gefühlt meterweise an ihm vorbei und registriert dabei kaum die **absoluten** Geschwindigkeiten und Wege. Ganz zu schweigen von der ungefähr gleichlangen Strecke, die ein entgegenkommender Wagen zurücklegt.

So treffen sich auf dem betrachteten Straßenstück zwei mit der dort erlaubten Höchstgeschwindigkeit von 100 km/h aufeinander zufahrende Wagen nach nur neun Sekunden.

Für eine genaue Rechnung (Anhang Seite 172) müssen außer den Geschwindigkeiten der beteiligten Fahrzeuge deren Länge, Abstände und die Beschleunigung des überholenden Wagens berücksichtigt werden. Hier seien nur die Ergebnisse aufgeführt.

1.

Marc bleiben, nachdem er den LKW überholt hat, nur noch 0,93 Sekunden, bis ihn der entgegenkommende Audi A6 passiert.

2.

Kevin muss als Fahrschüler genau die Höchstgeschwindigkeit 100 km/h und den Sicherheitsabstand einhalten. Damit wäre für ihn eine Strecke von 475,65 Metern zum Überholen erforderlich. Klar, dass ihm sein Fahrlehrer dies untersagt.

3.

Im Falle der Fahrzeugkolonne muss es unweigerlich zum Crash kommen. Obwohl Kevin den VW Passat auf 120 km/h beschleunigt, ist die für das Überholmanöver benötigte Zeit mit 10,24 Sekunden zu groß – selbst wenn der entgegenkommende Wagen im Mittel nur mit 70 km/h fahren würde.

Fazit: Das Überholen auf Bundes- und Landstraßen ist im Allgemeinen eine risikoreiche Angelegenheit.

„Ich glaub, ich spinne!"

Günther Groß steht an einem frühen Sommerabend auf dem Balkon und fuchtelt mit einer langen Holzlatte am Giebel seines Eigenheimes.

„Was machst du denn da?", fragt seine Frau Sonja, während sie unter ihm auf der Gartenwiese die über den Tag getrocknete Wäsche von der Leine abhängt.

„Ich befördere die fetten Spinnen ins Jenseits." Günther holt aus und schwingt die Latte durch das schwarze Gespinst an der weißen Hauswand.

„Aber die tun doch nichts", ruft Sonja von unten. „Doch – die scheißen uns den Balkon voll." Ihr Mann lässt sich nicht beirren.

„Wieder eine erwischt!" Selbstgefällig schaut er dem dicken Spinnenleib hinterher, der in Richtung des am Haus entlangführenden Plattenweges fällt.

„Das wäre geschafft! Die sind wir erst mal los und der Giebel ist sauber." Günther Groß schaut beim Abendessen erwartungsvoll seine Frau an.

„Du willst doch nicht etwa dafür gelobt werden", entgegnet Sonja. „Spinnen sind nützliche Tiere und draußen an der Hauswand stören sie mich überhaupt nicht."

Günther protestiert: „Aber der Balkon ..." „Kein aber!", unterbricht ihn sein Gegenüber. „Schließlich hast du denn Balkon noch nie geputzt."

Jedem der beiden ist der Unmut über den anderen ins Gesicht geschrieben. So kommt während des Essens kein weiteres Wort mehr über ihre Lippen.

Auch der restliche Abend verläuft wenig harmonisch.

Sonja greift sich aus dem Wohnzimmerregal ein Buch über die heimische Tierwelt und setzt sich demonstrativ in einen verwaisten Sessel – statt wie gewohnt neben ihren Gatten auf die Couch.

Günther zappt unwirsch von einem TV-Programm ins nächste. Er registriert dabei nicht das hintergründige Lächeln, das seiner Frau während ihrer Lektüre gelegentlich über das Gesicht huscht.

„Gute Nacht!" Sonja steht auf und stellt das Buch ins Regal zurück. „Du musst doch morgen auch früh raus." Günther nickt. „Leider."

Er scheint sich überwinden zu müssen. „Bist du mir wegen der Spinnenaktion noch böse?"

„Aber nein – jedenfalls **jetzt** nicht mehr", lacht Sonja. „Schlaf gut, mein Spiderman!"

Einige Tage vergehen, bis Günther Groß abends wieder einen prüfenden Blick auf die Hauswand über dem Balkon wirft.

Da müssen sich unter den Dachpfannen noch weitere versteckt haben. Anders kann er sich es nicht erklären, dass am Giebel eine Schar munterer Spinnen in neuen Netzen auf das Abendessen lauert.

Seine Frau muss es ja nicht unbedingt mitbekommen, dass er wieder aktiv werden will.

„Ich mache noch eine Gartenrunde und lüfte dann oben die Zimmer." Sonja nickt. Sie hat es sich im Wohnzimmer gemütlich gemacht und blättert durch ein Fotoalbum mit Bildern aus dem zurückliegenden Osterurlaub auf den Malediven.

„Ach – wie schön!" Ihre Stimme klingt noch in Günthers Ohren, als dieser schon draußen vor der

Hauswand weilt und sich das Spinnenspektakel betrachtet.

„Ach – wie hässlich!", entweicht es seinem Mund. Offenbar etwas zu laut.

„Wie bitte, Herr Groß?" Die Nachbarin, die in einem für ihre Figur nicht gerade vorteilhaften Freizeitoutfit den Gemüsegarten wässert, wirft einen finsteren Blick über den Gartenzaun.

„Mich nerven die fetten Spinnen dort oben, Frau Schmitz." Günther weist mit einer Hand auf den Hausgiebel.

„Die sind wirklich eklig", pflichtet die Angesprochene – irgendwie erleichtert – ihrem Nachbarn bei.

„Ich werde ihnen gleich auf den Leib rücken", erklärt Günther weiter. „Den Spinnen", fügt er noch schnell hinzu, als sich die Miene der Frau in Caprihose wieder zu verdunkeln droht.

Bevor noch weitere Peinlichkeiten auftreten können, will er lieber den Ort des Geschehens verlassen. „Dann noch einen schönen Abend!"

Frau Schmitz bückt sich schwerfällig und greift wieder zur Gießkanne, die vor den aus Espadrilles quellenden Füßen auf ihren Einsatz wartet. „Danke – gleichfalls!"

Im Obergeschoss angelangt, öffnet Günther alle Fenster und die Tür zum Balkon. Dort lehnt noch immer die lange Holzlatte an der Hauswand.

„Die sieben Meter vom Giebel bis zum Boden müssen euch doch den Rest geben."

Ohne dass die Spinnen sich um die beschwörenden Worte ihres Jägers kümmern, werden sie von ihm in die Tiefe befördert – mit solch kraftvollem

Einsatz, dass einige sogar auf der vor dem Haus verlaufenden Straße landen.

„Alles erledigt!" Günther steckt den Kopf durch die offene Wohnzimmertür. Seine Frau, die immer noch in das Betrachten der Urlaubsfotos vertieft ist, blickt auf.

„Schön. Fährst du bitte noch mein Auto in die Garage?" „Klar – mache ich."

Günther greift sich die Wagenschlüssel vom Regalbrett in der Diele und tritt vors Haus. Ehe er ins Auto steigt, wirft er noch einen Blick auf den Plattenweg unter dem Balkon und auf die Straße.

„Ich glaub – ich spinne!" Er traut seinen Augen nicht. Kein einziger schon toter oder noch lebender Spinnenleib ist dort zu entdecken – mit zwei Ausnahmen.

Im Efeu des Vorgartens meint er eine Spinne krabbeln zu sehen und an der Hauswand klettert eine andere bereits in Richtung Giebel.

Einige Tage später haben die kleinen schwarzen Achtbeiner ihr altes Revier vollends wieder in Besitz genommen.

„Wir werden die Spinnen einfach nicht los", beklagt sich Günther Groß bei seiner Gattin, nachdem er seine abendliche Gartenrunde gedreht hat.

Sonja zuckt mit den Schultern. „Das hätte ich dir vorher sagen können."

Klärendes Nachwort

Dass den Spinnen ein Sturz vom Hausgiebel keinen Schaden zufügen kann, hat neben der biologischen Gegebenheit des sogenannten Rettungsfadens vor allem einen physikalischen Grund.

Man lernt in der Schule, dass nach Galileo Galilei alle Körper gleich schnell fallen. Demnach würde eine Spinne aus 7 Meter Höhe mit 43,2 km/h landen, was ihrem zarten Körper den Rest gäbe, wenn die Unterlage nur hart genug ist.

Doch gilt dies nur im luftleeren Raum – dem Vakuum. Dass der Luftwiderstand des fallenden Körpers eine entscheidende Rolle spielt, mag sich der Leser am Beispiel der Regentropfen vergegenwärtigen.

Spricht man im Volksmund von einem „platschenden Regen", dann sind die großen Tropfen gemeint, die sich aus Eiskristallen in kalten Wolken bilden und eine Geschwindigkeit von bis zu 10 m/s erreichen.

Je kleiner sie sind, desto langsamer fallen sie zu Boden. Im Niesel- oder Sprühregen erreichen sie gerade mal 0,7 m/s – ganz zu schweigen von den Nebeltröpfchen, die extrem langsam sinken und sogar auf der Stelle verharren oder sich auf Grund der Thermik nach oben bewegen können.

Die Physik lehrt, dass die Kraft des Luftwiderstandes mit der Geschwindigkeit, der Querschnittsfläche und dem Strömungswiderstand des fallenden Körpers wächst.

Damit nimmt – und dies um so schneller je kleiner die Masse ist – auch die Bremsbeschleunigung zu, bis sie die Erdbeschleunigung vollständig kompensiert und der Körper nicht mehr schneller wird: Es stellt sich eine Grenzgeschwindigkeit ein.

Eine ausführliche Herleitung dieses Sachverhaltes befindet sich im Anhang auf Seite 175.

Zurück zu den Spinnen am Hausgiebel der Familie Groß. Günther hätte seine Hoffnung, dass die Tierchen sich zu Tode stürzen, von vornherein begraben können.

Sie sind nicht nur zu leicht, sondern ihr Strömungswiderstand ist auf Grund der acht ausgefahrenen haarigen Beine so groß, dass sie mehr nach unten schweben, als dass sie fallen.

Sollte es sich um ausgewachsene Exemplare der Großen Winkelspinne gehandelt haben, dann ergibt die Rechnung (siehe Anhang Seite 175) eine Grenzgeschwindigkeit von 2,0 m/s = 7,2 km/h.

Das ist weniger als ein Fünftel des Wertes, der sich ohne Berücksichtigung des Luftwiderstandes ergibt. Im letzteren Fall würde die berechnete Geschwindigkeit schon beim Fall aus einer Höhe von 20 cm (!) erreicht.

Die Spinnen haben ihren „Sturz" überlebt und können im Schutz der Vorgartenpflanzen darauf warten, bis sie in den Abendstunden der folgenden Tage den Hausgiebel wieder bevölkern.

Spieglein, Spieglein
an der Wand

„Mist! Es ist schon so spät." Lena springt von ihrem Schreibtisch auf. Sie hat keine Lust mehr, weiter für die Klausur am nächsten Tag zu büffeln und schlendert in das winzige Bad ihres Zimmers im Studentenwohnheim.

„War Jura wirklich eine gute Idee?" Fragend blickt sie auf das nachdenkliche Mädchen im Spiegel über dem Waschbecken. „Kühl du erst mal deinen erhitzten Kopf!"

Lena füllt ihre geöffneten Hände mit kaltem Wasser und taucht ihr Gesicht darin.

„Wie du nun ausschaust!", lacht ihr Gegenüber. „Aber im Ernst – du vergisst vor lauter Paragraphen das Leben und vor allem die Liebe."

„Tu ich nicht!" Lena stampft trotzig mit dem Fuß auf den Boden, dessen Fliesen schon bessere Zeiten erlebt haben. „Tust du doch!" Die junge Spiegelfrau bleibt beharrlich.

„Schau. Dein Zimmernachbar, dieser Physikstudent, gefällt dir doch ausgesprochen gut. Aber außer einem ‚Hi!' ist dir noch nichts weiter eingefallen."

Lena überlegt. „Stimmt, aber was soll ich denn tun?" Eine Weile schauen sich die beiden jungen Frauen schweigend in die Augen.

Schließlich greift sich Lena entschlossen die Zahncreme und tänzelt lächelnd zur Melodie der elektrischen Bürste vor dem kleinen Spiegel. Sie hat schon eine Idee.

„Hi, Kai!" Lenas wohl nicht absichtlich gereimter Morgengruß schallt durch den Flur des Studentenwohnheims. Der junge Mann, der auf dem Weg zur Vorlesung in Experimentalphysik ist, bleibt stehen und dreht sich um.

Seine Zimmernachbarin nähert sich eilig im Laufschritt. „Hallo – ich muss erst einmal Luft holen." Sie streift mit den gespreizten Fingern ihrer Hand über die Stirn hinweg durch ihre schulterlangen, blonden Haare und atmet tief durch.

„Was ist los?" Kai scheint gleichermaßen überrascht und verwirrt zu sein.

„Nichts wirklich Wichtiges – nur eine kleine Bitte." Lenas Augenaufschlag schaltet in den treuherzigen Modus.

„Kannst du mir vielleicht helfen, einen größeren Spiegel an meine Badezimmertür anzubringen? Ich bin nämlich technisch total ungeschickt und du studierst doch ...".

„Physik", ergänzt Kai und lächelt zaghaft. „Jetzt geht es aber nicht."

Als er ihren enttäuschten Blick registriert, fügt er noch eilig hinzu: „Vielleicht heute Nachmittag?"

Lena nickt und druckst eine Weile herum, bevor sie dann gesteht: „Aber ich muss den Spiegel erst noch kaufen. Würdest du mir auch dabei helfen?"

Erwartungsvoll sucht sie die Antwort in Kais stahlblauen Augen, deren lange schwarze Wimpern ihr fast ein wohliges Seufzen entlockt hätten. *Warum ist er nur so schüchtern?*

„Na gut! Aber dann Kauf und Montage in einem Rutsch." Seine Worte klingen in Lenas Ohren etwas zu pragmatisch, wenn nicht sogar ultimativ. *Aber was* *soll 's? Besser nur **ein** Date mit dem süßen Kerl als gar keins.* „Okay!"

Am Nachmittag wartet Lena vor dem großen schwedischen Einrichtungshaus, das auch einem studentischen Geldbeutel noch etwas zu bieten hat. Sie nutzt die Scheiben der riesigen Glasfront, um noch mal ihr Outfit zu überprüfen.

„Ich habe bis fünfzehn Uhr im Institut zu tun", hatte Kai bei der Verabredung erklärt. „Von dort fahre ich dann mit dem Rad direkt zum Möbelmarkt."

„Das ist sehr nett von dir", hatte Lena geflunkert, wäre sie doch viel lieber mit ihm zusammen vom Studentenheim aus zu Fuß dorthin gegangen.

Da kommt der sportliche Physikstudent wie ein Pfeil auf seinem Mountainbike herangeschossen. Er hat die schulterlangen schwarzen Haare zu einem Pferdeschwanz gebunden. So hat Lena ihren Zimmernachbarn noch nie gesehen.

„Lass nur – das steht dir gut!", begrüßt sie ihn, als er sich nach dem Abstellen des Rades anschickt den Haargummi zu lösen.

Kai scheint das nicht gehört zu haben. *Oder hat er es etwa nicht hören wollen?*

Er kettet seinen Drahtesel an einen Laternenmast vor der Eingangsdrehtür, löst seinen Pferdeschwanz und bringt mit einem wilden Schütteln des Kopfes den Haarschopf wieder in Form.

„Hallo Lena, lass uns reingehen!" Die Wartende versucht ihre Enttäuschung mit einem Lächeln zu überspielen. „Hallo Kai!" *Aber etwas freundlicher hätte er mich schon begrüßen können.*

Schweigend folgt sie ihm die Treppe zur Möbelausstellung hinauf und muss sich dabei regelrecht beeilen, da er mit großen Schritten immer zwei Stufen zugleich nimmt.

„Hier geht es direkt zu den Spiegeln." Kai fasst die Hand seiner Begleiterin und biegt von dem durch alle Abteilungen führenden Rundweg in einen Seitengang ab. „Ich mag diesen umsatzorientierten Zickzackkurs nicht."

Lena kann die warme Berührung nur kurz genießen, denn Kai zieht abrupt seine Hand wieder zurück und vergräbt sie tief in der Tasche seiner olivgrünen Cargohose.

„Oder wolltest du dir noch etwas anderes anschauen?" Er hat das Unbehagen in ihren Augen wahrgenommen.

Und wieder gibt Lena ihre wahren Gedanken nicht preis. „Nein – ist schon gut." Dabei wäre sie doch viel lieber gemütlich durch alle Abteilungen geschlendert – allein schon, um länger mit Kai zusammen zu sein.

„Der hier könnte mir gefallen." Lena bleibt stehen.

„Wer?" Ihr Begleiter schaut suchend in die Runde.

Die junge Frau lacht, hat doch die ungewollte Zweideutigkeit ihrer Bemerkung sie selbst überrascht.

„Na - der Spiegel vor uns." Sie weist auf ein mannshohes Exemplar mit einem breiten weißen Holzrahmen.

Lena tritt näher an das Ausstellungsstück und betrachtet sich prüfend im Spiegelglas. Dabei nutzt sie die Situation, um ausgiebig auf Kais Augen zu verweilen.

Für diesen wohl etwas zu lange. Schüchtern senkt er den Kopf, um das Erröten seiner Wangen nicht länger dem Mädchen vor ihm preisgeben zu müssen.

Lena ist dies nicht verborgen geblieben. Entzückt – ja fast entrückt – streicht sie mit der Hand am glatten Rahmenholz entlang. „Ich glaube, ich habe mich in ihn verliebt."

Als dann aber ihr Blick auf das Preisschild fällt, stellt sie seufzend fest: „Doch der ist viel zu teuer für eine Jurastudentin."

Kai müht sich, seine Fassung wiederzufinden. „Und eine Nummer zu groß", fügt er aus dem Hintergrund hinzu.

Die beiden gehen weiter zum nächsten Spiegel, der – obwohl nur unwesentlich kleiner als sein Vorgänger – deutlich weniger kostet.

„So ganz ohne Rahmen finde ich ihn nicht wirklich schick." Lena dreht sich – nach Bestätigung suchend – zu Kai um. „Aber schön groß ist er schon."

Der junge Mann schüttelt so vehement den Kopf, dass sein Haar in Strähnen nach vorne fällt und Stirn und Augen verdeckt. „**Zu** groß!"

„Hör mal, ich bin einssiebzig!", entgegnet Lena und versucht, entrüstet zu wirken – muss aber lachen. „Man sieht ja nichts mehr von deinem hübschen Gesicht." Sie streckt ihren Arm aus und ...

Kai kommt der Mädchenhand zuvor. Er streicht sich die Haare zurück und zeigt auf einen weiteren

Spiegel. „Der passt und hat den schönen Holzrahmen, in den du dich eben verliebt hast."

Er inspiziert das auf die Glasfläche geklebte Etikett. „Ja – es ist der kleine Bruder deines Lieblings und kostet mit seinen neunzig Zentimetern nur die Hälfte."

Lena protestiert. „Aber ich kann meine Füße nicht darin sehen." „Nur weil man ihn falsch angebracht hat", erklärt Kai und fügt wegen der zweifelnden Miene seiner Begleiterin hinzu: „Du kannst mir vertrauen."

„Ja, das tue ich." Lenas Augen versinken in die des Freundes, **ihres** Freundes – da ist sie sich jetzt ganz sicher. Und der hält diesmal ihrem Blick stand.

Die Badezimmer im Studentenwohnheim sind wirklich winzig. Kai kann es beim Hantieren mit dem gekauften Spiegel kaum vermeiden, auf Tuchfühlung mit seiner Nachbarin zu kommen.

„Stell dich bitte mal direkt an die Tür!" Er wartet, bis sich Lena folgsam vor ihm aufgebaut hat, zückt einen Bleistift und zeichnet damit neben ihren Augen ein Kreuzchen auf die Holzfläche.

„Wozu machst du das?" Kai dirigiert die Fragestellerin, mit beiden Händen ihre Hüften fassend, vor das Waschbecken. „Warte ab!"

Mit Hilfe eines Maßbandes markiert er einen weiteren, tiefer liegenden Punkt an der Tür.

„Was du hier anstellst, ist mir einfach nur ein Rätsel." Lena lehnt – nachdenklich und bewundernd zugleich – am Waschbecken und beobachtet, wie ihr Helfer den Holzrahmen geschickt mit ein paar Schrauben am ausgemessenen Platz montiert.

„Generalprobe!" Kai tritt – so gut es in dem engen Raum geht – zurück und überlässt der Wartenden den freien Blick in den Spiegel.

„Nah oder entfernt?", fragt sie unschlüssig. „Wie du willst!" Kai ist sich seiner Sache sicher.

Lena bleibt lieber neben ihm stehen und betrachtet prüfend ihr Spiegelbild. Tatsächlich – sie findet sich von den Füßen bis zum Scheitel darin wieder.

„Du bist einfach ein Schatz!" Ehe der junge Mann sich versieht, ergreifen zwei Arme von ihm Besitz. Und ehe er ein Wort herausbringen kann, überrumpeln zwei Lippen seinen Mund mit einem stürmischen Kuss.

„Ich habe mich nicht nur in den Spiegel verliebt!"

Was dann passiert wollen die verschwiegenen Wände des klitzekleinen Badezimmers der Leserschaft nicht verraten.

Klärendes Nachwort

Will man sich in einem Spiegel vollständig sehen können, dann braucht er nicht größer zu sein als die halbe Körperlänge des Betrachters. Allerdings muss er dann in einer bestimmten Höhe angebracht werden.

Mit der Anwendung (siehe Abbildung 10) des Reflexionsgesetzes aus der Optik – Einfallswinkel gleich Reflexionswinkel – lassen sich die folgenden Ergebnisse herleiten:

1. Liegt der untere Aufhängepunkt auf halber Augenhöhe, dann kann man seine Füße sehen.

2. Die entsprechende Symmetrie zwischen Augen und Scheitel legt die Höhe des oberen Spiegelrandes fest.

3. Aus 1. und 2. folgt: Die Spiegelgröße ist gleich der halben Körpergröße.

Abbildung 10

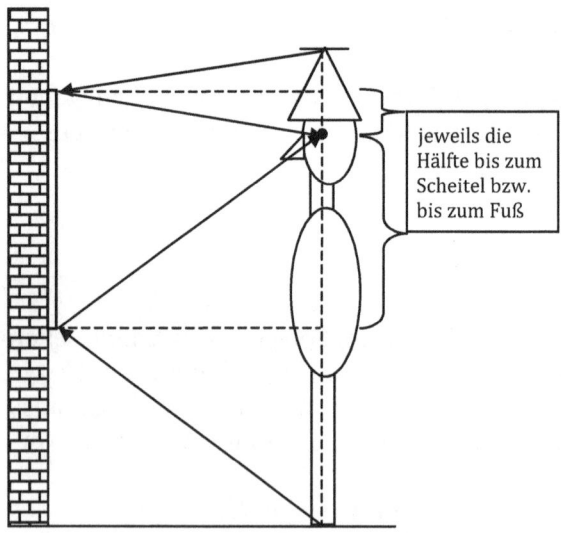

jeweils die Hälfte bis zum Scheitel bzw. bis zum Fuß

Dass entgegen der weitläufigen Meinung der Abstand zum Spiegel keine Rolle spielt, entnimmt man der folgenden Abbildung 11.

Abbildung 11

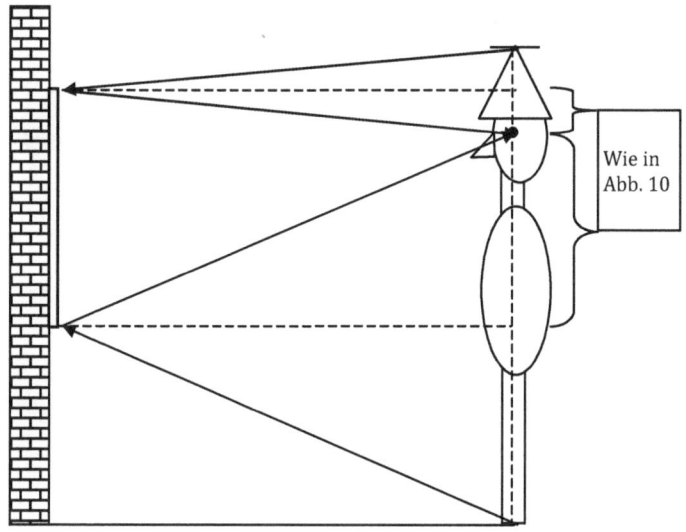

Wie in
Abb. 10

Fazit: Garderobenspiegel vom Boden bis zur Decke
sind zu schwer, zu teuer und vor allem überflüssig!

Wenn Counter-Strike streikt

An einem frühen Samstagabend im Sommer des Jahres 2002 ist bei unseren Nachbarn Schulz echt was los.

Aus den Wagen, die einer nach dem anderen vorfahren, steigt jeweils ein Junge im Teenageralter und schleppt Computer samt Zubehör in die Garage. Die Fahrer – wohl die Väter der PC-Besitzer – sehen zu, dass sie schleunigst wieder wegkommen.

Ich stehe an unserem gekippten Küchenfenster und betrachte eine Weile die Szenerie. Es ist schon ein schräges Bild, wie die moderne Technik den in die Jahre gekommenen Altbau erobert.

Bei jedem Öffnen und Schließen protestiert das Garagentor mit einem lauten Quietschen, als wolle es sich beim nächsten Mal weigern, wenn es nicht sofort geölt würde.

Frau Schulz reicht ihrem Mann über den morschen Jägerzaun, der die Einfahrt von Terrasse und Garten trennt, einen mit Chips-Tüten überfüllten Korb. „Herbert, hast du für die Jungs auch den Kühlschrank in der Garage angestellt?"

Der Hausherr ist sichtlich genervt. „Selbstverständlich, Waltraud! Es sind sogar Getränke drin." Das kommt bei der Ehefrau gar nicht gut an. „Warum bist du aggressiv?"

Bevor ich das Küchenfenster wieder schließe, verschwindet Herr Schulz, ohne ein weiteres Wort zu verlieren, mit dem Korb in der Garage.

Ich gehe ins Wohnzimmer, wo meine Frau sich es auf der Couch gemütlich gemacht hat und berichte ihr von meinen Beobachtungen.

Eva wirft mir einen besorgten Blick zu. „Das kann aber heute Abend noch heiter werden, Gerd." Ich mag ihrer nüchternen Prognose nicht widersprechen.

Kaum eine halbe Stunde später wird ihre Befürchtung nicht nur bestätigt, sondern um ein Vielfaches getoppt.

Draußen scheint der dritte Weltkrieg ausgebrochen zu sein. Schüsse, die nur aus Pistolen und Maschinengewehren stammen können, hallen vom Nachbargrundstück so laut in unser Wohnzimmer, dass man kaum sein eigenes Wort verstehen kann.

Ich gehe zur Haustür, öffne sie einen Spalt und lausche in die Abendluft. Die Schießerei spielt sich offensichtlich auf den Computern in Schulzens Garage ab – zwar nur virtuell, aber sehr real hinsichtlich der Geräuscheffekte und deren Lautstärke.

Zurück im Wohnzimmer meine ich: „Die Jungs nebenan spielen Krieg. Sie sollen ruhig eine Weile ihren Spaß haben. Es ist ja noch früh am Abend."

„Das reicht mir jetzt!", empört sich mein Frau, als nach Stunden unsere antike Pendeluhr zehnmal schlägt.

Die Schießerei – begleitet von Detonationen explodierender Handgranaten – hält draußen noch unvermindert an.

„Gerd, jetzt geh aber mal rüber!" Wo sie recht hat, hat sie recht.

Im virtuellen Kugelhagel muss ich schon mehrmals und letztlich anhaltend auf den Klingelknopf drücken, bis Herr Schulz auf das eigenartig surrende Geräusch hin mir endlich die alte Haustür öffnet.

„Entschuldigung, Herr Fuchs. Ich wollte Ihnen eigentlich vorher Bescheid gesagt haben." Mein Nachbar ist das schlechte Gewissen in Person.

Sichtlich um Erklärung bemüht erzählt er mir etwas vom Geburtstag seines Sohnes, von eingeladenen Freunden, LAN-Party und Counter-Strike. „Das ist ein Computerspiel mit vernetzten Rechnern, in dem eine Antiterroreinheit bestimmte Aufträge zu erfüllen hat."

Ich zeige mich nicht gerade begeistert. „Herr Schulz, das muss ich gar nicht wissen. Es sollte nur um diese Uhrzeit nicht mehr so laut sein."

Mein Gegenüber nickt betreten. „Gleich ist ja erst einmal Pause. Das Pizza-Taxi ist schon unterwegs."

Und tatsächlich fährt in diesem Augenblick der Lieferservice vor.

„Bis wann soll die Party denn noch andauern?" Die Frage muss sein, auch wenn sie meinem Nachbarn nicht zu gefallen scheint. Er ringt mit sich ein paar Sekunden lang um eine Antwort. „Gegen Mitternacht ist Schluss."

Ich versuche freundlich zu wirken, was mir aber nicht recht gelingen will. „Wollen wir es hoffen!"

„Was ist?" Erwartungsvoll schaut mich Eva an. Sie fasst wohl die gerade eingetretene Waffenruhe als Ergebnis meiner Intervention bei Herrn Schulz auf.

Ich erzähle ihr von dem bescheidenen Erfolg und habe kaum ausgesprochen, als ich von draußen das Zuschlagen einer Autotür höre.

Ein Blick durchs Küchenfenster offenbart mir einen davonfahrenden Wagen, der einen späten Geburtstagsgast samt Computerausrüstung vor der Einfahrt abgesetzt hat.

Der junge Mann schleppt seine Sachen in die Garage, aus der freudig ein vielstimmiges „Hallo!" klingt.

Dann wird das Tor von innen geschlossen, was seine Aufhängung erneut laut quietschend protestieren lässt.

Zurück im Wohnzimmer berichte ich Eva davon und prophezeie: „Gleich geht das Geballere wieder los."

Ich lasse mich in meinen Sessel fallen, greife zur Wochenendausgabe unserer Tageszeitung und harre der Dinge, die da kommen werden.

Aber es kommt nichts. Als nach einer halben Stunde draußen immer noch eine Friedensruhe herrscht, wage ich halblaut zu vermuten: „Vielleicht haben sie doch schon früher aufgehört."

Eva schaut von ihrer Buchlektüre auf. „Das bezweifle ich. Du hast doch eben selbst erzählt, dass noch so ein Ballerspiel-Fan aufgetaucht ist."

„Das stimmt nun wieder auch," gebe ich zu. „Du hast ja recht, mein Schatz – wie ... äh ... meistens." Und schon korrigiert mich mein Gegenüber: „Wie **immer**, Herr Fuchs!"

Wir müssen beide lachen.

Plötzlich ertönt der Türgong in der Diele. „Wer kann das denn um diese Uhrzeit noch sein?", fragt meine Frau wohl mehr rhetorisch als an Klärung interessiert, denn sie macht keine Anstalten aufzustehen.

„Wenn du nicht nachschaust, wirst du es nie erfahren." Ich bleibe einen Moment länger sitzen, als es ihr lieb zu sein scheint. Ding-Dong schallt es erneut.

„Ich komme ja schon!", rufe ich in Richtung Flur und mache mich auf den Weg zur Haustür. Ich kann durch ihr oberes Panzerglasfenster erkennen, dass unser Nachbar Schulz draußen wartet.

„Herr Fuchs, entschuldigen Sie die Störung!" Er weist mit der Taschenlampe in seiner Hand auf sein Grundstück.

„In der Garage streikt der Strom und damit für die Jungs auch Counter-Strike. Außerdem leuchtet im Treppenhaus keine einzige Lampe mehr."

Ich bemühe mich, meine innere Genugtuung mir nicht anmerken zu lassen. „Das klingt sehr nach rausgeflogener Sicherung. Einfach wieder einschalten und schauen, ob ..."

„Wir verwenden Schmelzsicherungen im Haus," unterbricht mich Herr Schulz und hält mir den Porzellankörper eines Exemplars unter die Nase.

„Die hier ist durchgebrannt und kann nicht wieder eingeschaltet werden." Dabei schaut er mich fast vorwurfsvoll an, als könne ich etwas dafür.

„Deshalb bin ich ja hier", fährt er fort. „Mein Vorrat ist ausgegangen. Können Sie mir vielleicht eine übers Wochenende leihen?"

„Tut mir leid! Ich habe schon vor über zwanzig Jahren alles auf Leitungsschutzschalter – also elektromagnetische Sicherungen – umrüsten lassen. Eine solide Elektroinstallation ist gerade für unsere älteren Häuser unverzichtbar, weil wir heute gegenüber früher ..."

Weiter komme ich nicht. Mein Gegenüber dreht sich mit einem kurzen „Trotzdem danke!" auf dem Absatz herum und schleicht wortlos, dem Lichtkegel der Taschenlampe folgend, zu seinem Grundstück zurück.

Bevor ich die Haustür schließe, schaue ich ihm noch eine Weile nachdenklich hinterher. Wie wäre der restliche Abend wohl verlaufen, hätte die Sicherung nicht ihren Geist aufgegeben?

„Ich habe alles mitgehört", erwartet mich Eva hinter der nur angelehnten Wohnzimmertür. „Der arme Mann!"

„Wie jetzt?", frage ich erstaunt. „Vorhin hast du dich noch mordsmäßig aufgeregt."

„Ja, aber jetzt tut der Schulz mir doch irgendwie leid."

„Ich sehe das pragmatischer: Sein Pech ist unser Glück."

Meine Frau scheint mir gar nicht zuzuhören. „Hast du wirklich keine alte Sicherung mehr? Du verwahrst doch sonst immer alles!"

Statt ihr zu antworten, führe ich sie an der Hand wieder zu ihrem Leseplatz. „Komm – lass uns noch einen schönen und vor allem geruhsamen Abend haben."

Dass dabei mein verlegenes Lächeln ihrer Frage nach der Sicherung gilt, muss Eva in diesem Augenblick nicht unbedingt bemerken.

Klärendes Nachwort

Jeder hat es wohl schon einmal erlebt, dass in seinem Haushalt der „Strom ausfällt".

Wenn es sich nicht gerade um eine – wie man am nächsten Tag in der Zeitung lesen kann – notwendige Abschaltung durch das Versorgungsunternehmen handelt, wird meist vom „Rausfliegen" der Sicherung nach einem „Kurzschluss" gesprochen.

Diese Ausdrücke bedürfen in mehrerlei Hinsicht einer Erklärung bzw. Richtigstellung.

Doch zunächst soll für die Elektroinstallation eines Hauses ein kleiner Über- und Einblick gegeben werden.

Die Versorgung durch das Elektrizitätswerk erfolgt durch drei verschiedenfarbige Leitungen: Phasenleiter (schwarz), Nullleiter (blau) und Schutzleiter (gelb-grün gestreift).

Die für den Betrieb der elektrischen Verbraucher erforderliche Spannung **U** (Einheit Volt = V) liegt zwischen dem Phasenleiter (220 V) und dem Nullleiter (0 V) an. Allein für diese Bereitstellung zahlt man unter dem gleichlautenden Begriff monatlich einen Betrag an den Versorger, obwohl überhaupt noch kein Strom geflossen ist.

Der Schutzleiter dient – seinem Namen entsprechend – zum Schutz für den Fall, dass der spannungsführende Phasenleiter in Kontakt mit dem Metallgehäuse eines elektrischen Gerätes kommt. Näheres steht im Anhang auf Seite 177.

Wird nun der Kreis zwischen den Anschlüssen von Phasen- und Nullleiter durch einen Schalter geschlossen, fließt ein elektrischer Strom **I** (Einheit Ampère = A) durch den Verbraucher.

Mit der benötigten Leistung **P** (Einheit Watt = W) steigt bei fester Spannung (U = 220 V) die Stromstärke I in der Leitung.

So ergibt sich für eine 60-W-Glühbirne I = 0,27 A, aber für einen Heißwasserkocher (P = 2200 W) schon I = 10 A (vergleiche Anhang Seite 178).

Nun hat der elektrische Strom die Wirkung, dass er Wärme entwickelt. Dies kann zu Temperaturen führen, die im wahrsten Sinne des Wortes brandgefährlich sind. Deshalb ist die Hausleitung üblicherweise so ausgerüstet, dass bei einem Wert von 16 A der Stromkreis unterbrochen wird.

Zurück zur Sprechweise von oben. Der Strom „fällt" nicht „aus", sondern kann nicht fließen, weil eine Sicherung dies verhindert . Dabei „fliegt" diese nicht „raus", sondern ihr Draht brennt durch (Schmelzsicherung) bzw. sie schaltet den Stromkreis aus (Leitungsschutzschalter).

Beide Typen verhindern, dass die Stromstärke über den Wert 16 A ansteigen kann (siehe Anhang Seite 178 ff). Hier wird auch erklärt, woher wohl die Redewendung „rausfliegen" stammt.

Dabei handelt es sich meist nicht um einen „Kurzschluss". Dieser Begriff ist dem selteneren Fall vorbehalten, dass der Phasenleiter unter Umgehung des Verbrauchers in direkten Kontakt mit dem Nullleiter kommt und – da fast widerstandslos – dadurch ein Strom hoher Stärke fließt (siehe Anhang Seite 181).

Eine Überlastung der Leitung – meist durch zu viele Verbraucher in einem einzigen Stromkreis – ist eine häufigere Ursache für das „Einschreiten" der Sicherung.

Nach diesem Exkurs in die physikalischen Grundlagen der Elektroinstallation lässt sich das Geschehen im Hause der Familie Schulz verstehen. Erforderliche Rechnungen können im Anhang auf Seite 178 und 182 nachgelesen werden.

Garage und Treppenhaus sind zusammen an eine einzige Schmelzsicherung (16 A) angeschlossen. Das ist heute in Altbauten aus den Fünfziger- und Sechzigerjahren durchaus noch üblich, wenn sie elektrisch nicht modernisiert worden sind.

Man sicherte früher in einem Einfamilienhaus die Räume etagenweise ab, was für die damalige Ausrüstung mit elektrischen Geräten mehr als ausreichend war. Erst bei einer Verbraucherleistung über 3520 W wird die Leitung überlastet.

Ein Computerplatz benötigt 523 W. Bei sechs Spielern (3138 Watt) während der LAN-Party in der Garage bleibt somit noch genug Leistung für die Beleuchtung des Treppenhauses.

Aber mit dem Anschließen der Geräte des später kommenden siebten Teilnehmers wird die Belastungsgrenze des Stromkreises überschritten und die Sicherung brennt durch.

Hätte Herr Schulz dies **vorher** einmal durchgerechnet, wäre er vielleicht auf die Idee gekommen, einen Teil der Computerplätze über Verlängerungskabel in einem Raum anzuschließen, der über eine andere Sicherung mit Strom versorgt wird.

Ein träger Hosenträger-Träger

„Wie siehst du denn aus?" Susi Hofmann mustert ihren Ehemann kritisch von oben bis unten.

„Du hast doch selbst gesagt, dass ich unbedingt abnehmen muss", entgegnet Franz mürrisch und kündigt bedeutungsvoll an: „Ich jogge jetzt eine Runde auf dem Feldweg hinterm Haus."

„Deshalb musst du dich aber nicht mit Hosenträgern an der Trainingshose in der Öffentlichkeit zeigen." Susi schüttelt verständnislos den Kopf.

Franz zeigt sich unbeirrt, zieht die Gummibänder noch straffer und schließt ihre Klammern. „Die rutscht mir sonst über den Bauch nach unten und für einen Exhibitionisten will ich nicht unbedingt gehalten werden."

Er startet die Stoppuhr an seinem Handgelenk und öffnet entschlossen die Haustür. „Ich laufe jetzt los!"

Susi schaut ihm durch das Wohnzimmerfenster noch eine Weile sinnierend hinterher.

Dein Mann, das unbekannte Wesen, denkt sie sich, als Franz auf dem Weg zwischen den Maisfeldern – mehr gehend als laufend – aus ihrem Blickfeld verschwindet.

Nach gut einer Stunde klingelt es an der Haustür. Susi erkennt schon an der Silhouette hinter der Milchglasscheibe, dass es sich nur um ihren Mann handeln kann. *Aber warum streckt er seine Arme in die Luft?*

„Ich bin schon da", flötet sie in den Flur und öffnet die Tür. Vor ihr steht Franz mit hochrotem Kopf und durchgeschwitztem T-Shirt. Er stützt sich über dem Türrahmen mit beiden Händen an der Hauswand.

„Bist du etwa zwei Runden gelaufen?", will Susi wissen. Ihr Gegenüber schüttelt stumm den Kopf und müht sich dann doch schweratmend, noch ein Wort herauszubringen. „Wieso?"

„Weil du so lange unterwegs gewesen bist und", sie schaut in sein Gesicht, „mir ziemlich geschafft zu sein scheinst."

Franz macht noch immer keine Anstalten, einen Fuß in den Hausflur zu setzen. „Es hat bestimmt an den Hosenträgern gelegen, dass mir die Luft ausgegangen ist." Er zieht mit den Händen an beiden Gummibändern. „Die haben mich so eingeengt."

Susi betrachtet sich die Jogginghose ihres Gatten, die mit ihrem Bund fast bis unter seine Brustwarzen hochgerutscht ist, vom – im wahrsten Sinne des Wortes – einschneidenden Sitz im Schritt ganz zu schweigen.

„Komm doch erst mal rein!" Sie versucht freundlich zu wirken, aber fühlt sich weit von dem entfernt, was man Mitleid nennen könnte.

Franz folgt schwerfällig der Aufforderung. „Was denkst du gerade?" Seine Partnerschaftsantennen glauben eine atmosphärische Störung zu registrieren.

„Ehrlich?" Susi ist sich so unsicher, wie er sich sicher ist. „Ja – ehrlich!"

Sie holt tief Luft. „Wenn auch die Hosenträger an dir albern und hässlich wirken, kannst du sie nach deiner jahrelangen Trägheit in Sachen Sport und Fitness wirklich nicht für die Erschöpfung nach deinem Spazierlauf verantwortlich machen."

Franz zuckt, schluckt – aber muckt nicht. „Ich geh dann mal unter die Dusche."

Als sich der verhinderte Jogger ein paar Minuten später den heißen Wasserstrahl über seinen geschundenen Körper laufen lässt, ist die Welt für ihn wieder in Ordnung.

„Ohne Hosenträger trage ich dich viel lieber!" Dabei streicht er mit beiden Händen wohlgefällig über seinen Bauch.

Klärendes Nachwort

Ob Übergewicht nun ungesund ist oder nicht, ist weniger eine Frage der Physik – aber das elastische Verhalten von Hosenträgern schon.

Im Gegensatz zu den meisten Stoffen hat nämlich Gummi die Eigenschaft, sich bei einer Temperaturerhöhung zu verkürzen. Dieses Phänomen – der sogenannte Gough-Joule-Effekt – wird im Folgenden näher beleuchtet.

Spannt man ein Gummiband (z.B. durch das Anhängen eines Gewichtsstückes) und erwärmt es dann gleichmäßig auf seiner gesamten Länge, so verkürzt es sich.

Im Beispielexperiment (siehe Anhang Seite 183) wird das Gewichtsstück um eine deutliche Strecke angehoben.

Der Engländer John Gough entdeckte im Jahr 1802 diesen Effekt, den sein Landsmann James Prescott Joule 1859 systematisch näher untersuchte.

Eine einfache Erklärung gelingt, wenn man auf den inneren Aufbau des Materials blickt. Gummi besteht als sogenanntes Polymer aus langen Kettenmolekülen, die untereinander mit Schwefelbrücken zu einem Netz verbunden sind.

Im gespannten Zustand sind die Moleküle vorzugsweise parallel in Längsrichtung angeordnet. Bei Wärmezufuhr geraten sie in Bewegung, nehmen alle möglichen Orientierungen an und verringern dadurch die Länge des Gummibandes.

Eine genauere Betrachtung der zugrundeliegenden thermodynamischen Theorie kann im Anhang auf Seite 184 ff nachgelesen werden.

Auf ein Experiment – samt dessen ausführlicher englischsprachigen Erklärung – sei mit dem folgenden Link hingewiesen: https://www.youtube.com/watch?v=ovVO8NDdon4.

Zurück zu den Hosenträgern, die Franz nach seinem Bekunden das Joggen schwer machen.

Dass sein erhitzter Körper auch die über den Bauch gespannten Gummibänder erwärmt, kann nicht bestritten werden.

Ob aber deren Verkürzung aufgrund des Gough-Joule-Effektes wirklich ausreicht, um die Atemnot oder zumindest das schreckliche Outfit des Läufers zu erklären, soll die geneigte Leserschaft für sich selbst entscheiden.

Wenn Grün mir nicht grün ist

Ich habe meine beste Freundin Katrin zum Shopping mitgenommen. Sie hat Geschmack und ist eine gute Beraterin, wenn es ins Detail geht.

Und darum geht es heute. Ich suche eine praktische Handtasche, die zu meiner olivgrünen Jacke passt.

„Frauke, wie findest du diese hier?" Katrin hält mir in der Taschenabteilung der örtlichen Filiale einer bundesweit bekannten Kaufhauskette ihr Fundstück entgegen. „Ist die nicht etwas zu groß?", gebe ich als Frage zur Antwort.

Ich greife mir das graue Ding und checke sein Innenleben. Die sehr dürftige Fächereinteilung gefällt mir überhaupt nicht.

Katrin registriert meinen kritischen Blick und meint, bevor ich selbst ein Wort gesagt habe: „Das Grau macht dich vielleicht etwas alt. Lass uns mal in die Boutique gegenüber schauen."

La Belle – so heißt das Geschäft – bietet wirklich eine Vielzahl extravaganter Handtaschen.

Wir drehen unverfänglich eine Runde um die auf Tischen, Kommoden und Podesten arrangierte Ausstellungsware. Jedes Stück ist ein Unikat, aber sein Preis auch.

Hoffentlich spricht uns die einzige anwesende Verkäuferin nicht an. Oder ist es etwa die Eigentümerin? Zu spät, denn es gibt in dem edlen Ambiente keine klassischen Ladenregale, die uns einen Sichtschutz bieten könnten.

„Kann ich Ihnen vielleicht helfen?" Die in einem eleganten dunkelblauen Hosenanzug gekleidete Dame lässt ein etwas abfälliges Lächeln ihren lippenstiftroten Mund umspielen. Sie hat uns wohl schon eine Weile beobachtet.

„Ich suche eine olivgrüne Handtasche, habe hier aber keine gesehen." Mit dieser Antwort denke ich, unsere Flucht bestens vorbereitet zu haben.

„Einen Augenblick bitte!" Der Hosenanzug wandelt zur Kassentheke, umkreist sie und verschwindet in gebückter Haltung dahinter.

„Die Lieferung von heute morgen habe ich noch nicht vollständig auspacken können," erklärt uns die gedämpfte Stimme aus der Tiefe.

„Ohne Personal muss ich schließlich alles selbst erledigen." Also ist es doch die Chefin, die mit einem Karton in den Armen jetzt wieder auf der Bildfläche erscheint.

Mit einer Vorsicht, als hielte sie die Krone der Königin von England in Händen, trägt sie das Paket vor sich her und stellt es feierlich langsam zu unseren Füßen auf den Boden.

Sie kniet sich hin, fischt eine Schachtel heraus und öffnet andächtig deren Deckel.

„Von mir bei Dolce und Gabana auf der Messe in Wien geordert." Sie hält – sichtlich überlegen sein wollend – eine knallgrüne, hochglänzende Handtasche in die Luft. „Die passt doch gut zu ihrem jugendlichen Alter."

Katrin stößt mir unauffällig mit dem Ellenbogen in die Rippen. Auch sie will hier raus.

„Den Preis muss ich aber erst einmal nachschauen," überspielt die Ladenfrau unser anhaltendes Schweigen. Sie greift sich einen Katalog vom Tisch neben ihr und blättert schnell darin. „Neunhundertachtundsiebzig Euro."

„Das Grün passt leider überhaupt nicht zu meiner Jacke." Ich muss ein Würgen unterdrücken. „Eigentlich schade", schwindele ich weiter. „Aber trotzdem vielen Dank!"

Mit kurzen schnellen Schritten gelangen wir ins Freie. Katrin ist immer noch entsetzt.

„Tausend Euro für eine Plastikhandtasche – wo leben wir denn? Jetzt brauche ich erst mal einen Kaffee."

„Der hat gutgetan!" Katrin stellt die leere Tasse vor sich auf den Tisch. „Auf ein Neues, Frauke?" Ich nicke und winke mit meinem Portemonnaie in Richtung Bedienung.

Wir haben die Zeit im Café dazu genutzt, um die nächste Unterrichtsreihe in unseren siebten Klassen zu besprechen. Ja – nach dem gemeinsamen Referendariat in Deutsch und Englisch haben wir an derselben Realschule eine Planstelle bekommen und sind in den zehn Folgejahren nicht nur eng zusammenarbeitende Kolleginnen, sondern auch beste Freundinnen geworden.

„Zusammen oder getrennt?" Die freundliche Bedienung – wohl eine Studentin, die hier aushilft – legt einen Kassenbon auf unseren Tisch.

„Zusammen!" Ich gebe ihr, bevor Katrin protestieren kann, zehn Euro. „Stimmt so."

Die junge Frau steckt lächelnd den Schein in ihre Geldbörse. „Danke. Ich wünsche Ihnen noch einen schönen Tag." „Gleichfalls!"

Als wir wieder draußen in der Fußgängerzone stehen, meint Katrin: „ Ich kenne noch einen Laden mit erschwinglichen Taschen. Oder laufen wir einfach noch eine Runde drauflos?"

„Lieber das Letztere." Von ausgesuchten Geschäften habe ich die Nase voll. So schlendern wir durch die Gassen und werfen einen Blick in die Schaufenster.

„Wie krass ist das denn?" Mein Ausruf lässt Katrin auf der Stelle anhalten. „Was und wo?"

Ich weise mit dem Zeigefinger auf die Handtasche in der Auslage eines kleinen Lederwarengeschäftes. „Genau das ist mein Grün."

„Dann nichts wie rein!" Die Entschlossenheit meiner Freundin imponiert mir immer wieder.

Die nette Verkäuferin weiß gleich, als ich ihr mein Anliegen eröffnet habe, was sie zu tun hat. „Ich hole sie Ihnen gerne aus dem Schaufenster."

Nur einen Augenblick später stellt sie die Tasche vor uns auf den Tisch. „Das ist mein letztes Exemplar."

„Echtes Leder!", stelle ich anerkennend fest und werfe einen unauffälligen Blick auf das Preisschild. Einhundertfünfzig Euro finde ich angemessen. Auch das Innenleben überzeugt mich mit seiner Fächereinteilung.

„Ein praktisches und schönes Stück!" Katrin stimmt mir mit einem Kopfnicken zu. Doch bin ich mir jetzt etwas unsicher, was den Grünton anbelangt. „Ich hätte besser meine Jacke mitgenommen, um die Farben zu vergleichen."

Die Verkäuferin weiß Rat. „Ich kann Ihnen die Tasche bis morgen zurücklegen." Ich zögere einen

Moment. „Danke für das Angebot, aber morgen kann ich ...“

„Oder noch besser – Sie schauen in unseren Onlineshop,“ unterbricht mich die junge Frau. Ihr Stolz darauf, dass der kleine Laden auch in der digitalen Welt unterwegs ist, strahlt uns aus weit geöffneten Augen entgegen.

„Wenn Sie dort die Farbe überprüft haben und die Handtasche bestellen, dauert es nur ein paar Tage, bis wir sie beim Hersteller geordert haben und dann versandkostenfrei liefern.“

„Das ist ein gute Idee!“ Ich bedanke mich bei der Verkäuferin und erkundige mich noch nach der Internetadresse des Shops. Dann hake ich mich unter Katrins Arm ein. „Komm – Taschenprojekt erledigt! Auf Wiedersehen.“

Draußen vor der Ladentür entlasse ich meine Freundin. „Das war mal wieder lieb von dir.“

Katrin lacht. „Es war mir – wie immer mit dir – ein Vergnügen. Aber jetzt muss ich noch etwas für die Schule machen. Tschüss Frauke.“

Zu Hause werfe ich am Schreibtisch gleich meinen Laptop an. Ich finde ohne Schwierigkeiten den Shop und auch meine schöne Handtasche. Jetzt muss noch die Jacke her.

„Das passt!“, meint der Ärmel, der über dem Bildschirm hängt. Die Grüntöne mögen einander.

Dann noch ein paar Klicks und die Bestellung ist erledigt. Zufrieden klappe ich den Laptop zu und mache mir erst einmal etwas zu essen, denn hungrig bin ich schon. Die Arbeit für die Schule kann noch warten.

Ein paar Tage später erfahre ich aus einer Mail des Onlineshops, dass sich meine Tasche mit dem Paketdienst auf dem Versandweg befindet.

Weil die Zusteller des Unternehmens vorwiegend vormittags in meinem Wohnviertel unterwegs sind, habe ich schon vor einiger Zeit einen sogenannten Wunschnachbarn angegeben, der die Sendungen annimmt.

Guckie – so nenne ich seit meinem Einzug den Pensionär im Erdgeschoss – hat sich sofort dazu bereit erklärt. Kein Wunder, schaut er doch den ganzen Tag über aus dem Fenster, um nichts von dem zu verpassen, was sich vor dem Mietshaus abspielt.

„Ich habe ein Paket für Sie," begrüßt mich Guckie, als ich am frühen Nachmittag einen der seltenen Parkplätze vor seinem Stammplatz ergattert habe.

Ich brauche noch nicht mal meine Hausschlüssel auszupacken, denn mein Nachbar betätigt bereits den Türöffner und erwartet mich im angegrauten Unterhemd unter ausgeleierten Hosenträgern auf dem Treppenabsatz vor seiner Wohnung.

„Vielen Dank, Herr ..." Jetzt hätte ich fast „Guckie" gesagt! „Kein Thema!", kommt mir mein Gegenüber zuvor. „Das mache ich doch gerne für Sie, Fräulein Frauke." Er hält mir das Paket entgegen und mustert mich von Kopf bis Fuß.

Aha! Er nennt mich schon beim Vornamen. Das ist mir jetzt doch zu distanzlos. Schnell greife ich den Karton und eile mit einem „Einen schönen Tag noch!" die Treppenstufen hoch.

Mein Hunger ist größer als die Neugierde auf die Handtasche. Ich parke das Paket auf dem Schreibtisch im Arbeitszimmer und mache mir erst einmal den Rest der Gulaschsuppe von gestern warm. Ein Brötchen dazu – das reicht mir.

Der Schultag war heute wieder besonders anstrengend. Deshalb kann ich nach dem Essen die Einladung meiner Couch zu einer Ruhepause nicht ausschlagen und falle binnen Minuten in einen Tiefschlaf.

Wie denn, wo denn, was denn? Die Sonne, die immer am späten Nachmittag mein Wohnzimmer besucht, hat mich mit ihren Lichtstrahlen wachgekitzelt.

Noch halb im Traum verhaftet, schlurfe ich in die Küche und koche mir einen Wohlfühltee.

Der Schreibtisch ruft. Soll er doch rufen! Ich stelle mich ans Fenster und nippe nachdenklich an meinem Lieblingsbecher, den das Maskottchen des 1. FC Köln – der Geißbock Hennes – ziert.

Ach das Paket! Plötzlich bin ich hellwach, eile ins Arbeitszimmer und befreie die Handtasche aus ihrem Karton. Sie ist wirklich ein schickes Ding, aber das Grün scheint mir etwas zu dunkel zu sein. Jedenfalls dunkler als meine Jacke.

Ich gehe ins benachbarte Schlafzimmer, hole das Kleidungsstück aus dem Schrank, schlüpfe hinein und hänge mir die Handtasche über die Schulter.

Das kann nicht wahr sein! Was mir der große Spiegel an der Tür zeigt, entspricht überhaupt nicht dem Bild, das ich nach meinen Besuchen im Laden und im Onlineshop erwartet habe.

Grün ist die Tasche schon – aber deutlich dunkler und stärker ins Oliv gehend, als sie sich im Geschäft und auf dem Monitor präsentiert hat. *Wie kann das sein?*

Ich setze mich an den Schreibtisch, fische aus dem Karton den Retourenzettel und fülle ihn aus, denn behalten will ich diese Handtasche jetzt wirklich nicht mehr.

Klärendes Nachwort

Farben als Körpereigenschaft, als Bestandteile des Lichtes und schließlich als durch das menschliche Auge wahrgenommene und im Gehirn verarbeitete Sinneseindrücke sind ein ebenso interessantes wie kompliziertes Phänomen.

Darum sollen im Folgenden nur die rein physikalischen Aspekte betrachtet werden, denn es ist mit Frauke ein und dieselbe Person, deren Augen die Farbverfälschung registrieren.

Die Farbwiedergabe eines Gegenstandes ist eine Frage der verwendeten Lichtquelle. Der sogenannte Color Rendering Index (CRI) beschreibt die Farbechtheit des Lichts im Vergleich zu der "idealen" Lichtquelle Sonne, deren Referenzwert mit 100 angegeben wird. Je höher der CRI einer Leuchte ist, desto "natürlicher" gibt das Licht die Originalfarbe wieder.

So haben z.B. Leuchtstoff- und Energiesparlampen einen relativ schlechten CRI-Wert. Sie lassen die Ware in einem Geschäft gegenüber der Betrachtung im Tageslicht – aufgrund ihrer davon abweichenden Spektren – verfälscht erscheinen.

Und unter genau solchen Lampen wird Frauke die Handtasche zum Kauf angeboten.

Es können nur die Farben von unseren Augen wahrgenommen werden, die im Spektrum der verwendeten Lichtquelle enthalten sind **und** vom bestrahlten Gegenstand reflektiert werden.

Während das Tageslicht – wie auch das der klassischen Glühbirne – von Violett über Blau, Grün, Gelb bis Rot alle Farben in ausreichender Intensität umfasst, betont eine einfache Leuchtstoffröhre Blau und vor allem Grün und Gelb.

Deshalb muss für Frauke die Handtasche im Laden heller grün und – weil die rot-orangen Töne im Spektrum der Beleuchtung stark reduziert sind – auch weniger oliv erscheinen, als sie sich dann zu Hause dem enttäuschten Auge der jungen Frau offenbart.

Am Ende stellt sich mir noch die Frage, ob der Leserschaft nun „ein Licht aufgegangen" ist und sie deshalb meinen Erklärungsversuch „in einem guten Licht erscheinen" lässt.

Autokram birgt Autogram

Nein – die Überschrift enthält keinen Druckfehler, hat die folgende Geschichte doch nicht im Entferntesten etwas mit einem Autogramm zu tun.

Aber Kummer – **G**ram – können uns manche Angelegenheiten – **K**ram – rund um das Auto schon bereiten.

Davon kann der Familienvater Lorenz, der sich im Sommer 1984 von einer Ferienreise an die holländische Nordseeküste eigentlich eine unbeschwerte Zeit versprach, noch heute ein Lied singen.

Die schon in die Jahre gekommene Passat-Limousine ist startklar und die beiden kleinen Mädchen auf der Rückbank warten in ihren Kindersitzen darauf, dass die Fahrt endlich losgehen kann.

Während Christa Lorenz auf dem Beifahrersitz den Reiseproviant vor ihren Füßen verstaut, kontrolliert ihr Mann noch einmal die neue Abdeckplane, die er auf dem Dachgepäckträger zum Schutz der dort gestapelten Koffer angebracht hat.

„Frank, ich habe die Regenjacken für die Kinder vergessen." Christa rennt ins Haus und holt die gelben Ostfriesennerze herbei.

„Soll ich die etwa noch in den übervollen Kofferraum quetschen?" Frank bemüht sich, nicht gestresst zu erscheinen. Doch die feinen Antennen seiner Frau haben dies schon längst registriert.

„Das schaffst du schon, Schatz!" Christas unwiderstehliches Lächeln wirkt.

„Klar!" Frank verstaut die Kleidungsstücke und schlägt mit den Worten „Es geht jetzt los, Kinder!" zufrieden die Kofferraumhaube zu.

Die morgenfrühe Fahrt nach Norden gestaltet sich zügig und entspannt. Es herrscht für einen Freitag wenig Verkehr auf der A 61.

„Die Mädchen sind so lieb", flüstert Mutter Lorenz ihrem Mann zu, als sie ihm ein erstes Käsebrötchen zur Stärkung reicht.

Die knapp vierjährige Laura füllt mit Buntstiften ein Malbuch aus, während ihr die jüngere Schwester Iris schnullersaugend dabei zuschaut.

Frank lächelt in den Rückspiegel – was dem malenden Kind nicht entgangen zu sein scheint. „Papa, sind wir bald da?"

Christa dreht sich um. „Wir machen an der nächsten Raststätte eine Pause, Laura."

„Was ist eine Raststätte, Mama?" „Dort ruhen sich die Leute aus. Manche essen und trinken auch etwas, bevor sie weiterfahren."

Laura protestiert: „Ich hab doch gar keinen Hunger!" Einen Augenblick später gesteht sie leise: „Aber ich muss mal Pippi."

Ihr Papa schlägt seinen kinderberuhigenden Ton an. „Ich auch, meine Kleine. Das machen wir natürlich dort zuerst."

„Und danach schaust du bitte mal nach dem Dachgepäckträger, Frank." Christa bemüht sich leise zu sprechen.

„Ich höre seit einiger Zeit so ein komisches Geräusch über meinem Kopf." „Ich auch", piepst Lauras Stimme vom Rücksitz.

An der Ausfahrt zum Rasthof Mosel-Ost setzt Vater Lorenz den Blinker, wechselt auf die Abbiegespur und verlässt die Autobahn.

Er fährt an der Tankstelle vorbei und lässt die Passat-Limousine im Schritttempo in Richtung Parkplätze rollen.

Mit einem Seufzen stoppt er das Auto. „Hier scheint alles besetzt zu sein."

„Da vorne ist noch einer frei!" Christa weist mit dem Zeigefinger auf eine Lücke, die sie entdeckt hat.

„Dann nichts wie hin!", bedankt sich Frank erleichtert und lenkt den Wagen auf den schmalen Stellplatz zwischen ein schickes Wohnmobil und einen alten Volvo-Kombi.

Mutter Lorenz befreit die Mädchen aus ihren Kindersitzen. „Geh du mit den Kleinen schon vor, Christa. Ich kümmere mich erst mal um den Dachgepäckträger."

Während seine Frau mit Laura und Iris an der Hand in Richtung Raststätte trottet, schaut sich Frank das Autodach an.

Er traut seinen Augen nicht. Die neue Abdeckplane hängt total zerfetzt über den halbnackten Koffern und wird in ihren Einzelteilen nur noch von den Spanngummis gehalten.

„Das sieht nicht gut aus", meldet sich eine Männerstimme hinter ihm. Der mehr als füllige Volvofahrer tritt einen Schritt näher heran. „Deshalb habe ich mir einen Kombi zugelegt."

*Das hilft **mir** jetzt überhaupt nicht*, denkt sich Frank. Er entfernt stumm die Reste der Plane und stopft sie in die übervolle Mülltonne, die auf dem

Gehweg hinter dem Parkplatz ihr trauriges Dasein fristet.

„Kollege, ich habe ein größeres Problem." Der Mann nebenan lässt nicht locker. „Meine Karre will nicht anspringen." Schnaubend öffnet er die Motorhaube seines Wagens und verschwindet kopflings darunter.

„Es wird wohl an der altersschwachen Batterie liegen." Er wischt sich den Schweiß von seiner breiten Stirn und wendet sich Frank zu, der gerade die Lage der Koffer auf dem Dachgepäckträger noch einmal ausrichtet.

„Hast du vielleicht ein Starthilfekabel?" Der Gefragte schüttelt den Kopf, ohne sich umzudrehen. *Hat der Typ mich gerade etwa geduzt?*

„Mmh." Der Volvofahrer kratzt nachdenklich an seinem unrasierten Kinn.

„Meister, zum Anschieben ist mein Kombi zu schwer – und ich erst recht." Heiser lachend fasst und wiegt er genüsslich mit beiden Händen seinen Bauch, der das T-Shirt darüber zum Zerreißen spannt.

„Mit meinem Abschleppseil müsste es aber auch klappen. Kannst du mir mit deinem Passat dabei helfen?"

Frank überlegt einen Augenblick. Begeistert ist er nicht, doch soll er deshalb auf die Bitte des Fremden jetzt ablehnend reagieren?

Er lässt seine Koffer Koffer sein und dreht sich zu dem auf eine Antwort wartenden Schwergewicht um. „Okay! Ich sage nur erst meiner Frau noch Bescheid."

Zehn Minuten später sind die beiden Männer mit ihrer Anschleppaktion zugange. Christa und die Mädchen vertreiben sich derweil die Zeit auf dem schmalen Wiesenstück hinter dem Parkplatz.

Frank hat seinen Passat so vor den Volvo gelenkt, dass dessen Fahrer das Seil an die dafür vorgesehenen Ösen der beiden Wagen anbringen kann.

„Geschafft!" Stöhnend rappelt sich der Kniende wieder hoch, öffnet die Tür seines Autos, lässt sich in den Fahrersitz fallen und kurbelt das Fenster runter. „Es kann losgehen."

Frank steigt in seinen Wagen, legt den ersten Gang ein und fährt vorsichtig an. Das Abschleppseil spannt sich, doch der schwere Kombi bewegt sich keinen Millimeter.

„Mehr Gas!", ruft die Stimme hinter ihm. „Kannst du haben", murmelt Frank und tritt das Pedal weiter durch.

Der Motor heult auf und mit einem Ruck schießt der Passat nach vorne – doch der Kombi bleibt stehen. Frank registriert im Rückspiegel die wild gestikulierenden Pranken des Zurückgebliebenen, stoppt und steigt aus.

„Mannomann, du hast die Öse an deiner Karre abgerissen!" Der Volvofahrer empfängt seinen Helfer nicht gerade freundlich.

Der schaut sich das Malheur an. Das gute Stück aus Stahl hängt wie ein gezogener Backenzahn an dem noch intakten Abschleppseil.

„Das war's dann wohl!" Frank hat keine Lust, auf ein gequältes „Trotzdem danke" aus dem immer noch offenen Karpfenmund des Dicken zu warten.

Er lässt ihn einfach stehen und ruft Frau und Kinder herbei. „Ihr Lieben, steigt bitte ein – es kann weitergehen!"

„Was war denn los?" Christa spürt, dass nichts Gutes ihren Mann umtreibt – ist er doch schon eine halbe Stunde gefahren, ohne ein einziges Wort zu sagen.

„Die Aktion mit diesem Blödmann hat meinen Wagen demoliert." Frank ist immer noch sauer.

„Bödmann, Bödmann", brabbelt die kleine Iris auf dem Rücksitz und entlockt damit ihrem Papa ein zaghaftes Lächeln.

„Was heißt demoliert?", will Christa weiter wissen. „Die Abschleppöse ist abgerissen." „Und? Ist das schlimm?" „Eigentlich nicht. Aber es hat uns viel Zeit gekostet."

„Du bist eben ein hilfsbereiter Mann." Christa legt ihre Hand auf Franks Schulter. „Und ein gutmütiger dazu."

Laura meldet sich zu Wort. „Papa, warum ist die Decke auf dem Autodach weg?" „Die ist kaputt, mein Schatz. Aber es scheint ja die Sonne und den Koffern wird nicht kalt." Das Kind ist zufrieden und greift wieder zu Buntstift und Malbuch.

„Such mal bitte schöne Musik, Christa!" Frank deutet auf das Autoradio. Er hat seine gute Laune wiedergefunden.

Auf der weiteren Fahrt nach Norden nimmt der Verkehr spürbar zu. Vor allem bevölkern immer mehr Lastwagen die Autobahn.

„Auf der A 61 von Koblenz in Richtung Kerpen zwischen den Anschlussstellen Rheinbach und Swisttal zähflüssiger Verkehr mit Stillstand."

Die Verkehrsmeldung aus dem Radio lässt Frank aufhorchen. „Mist! Da kommen wir gleich hin."

„Ruhig Blut!", versucht Christa ihn zu besänftigen. „Wo ist Blut?" Laura blickt ängstlich von ihrem Malbuch auf.

„Alles ist gut!" Papa Lorenz dreht sich zu dem Kind um. „Man sagt das nur so, wenn man so brav und geduldig sein soll wie du."

„Pass auf! Da vorne...". Christa stößt ihrem Mann mit dem Ellenbogen in die Rippen. Der reagiert, steigt voll in die Bremsen und stoppt den Passat unmittelbar hinter einem stehenden Lkw.

„Verdammt!" Ein Koffer rutscht über die Windschutzscheibe auf die Fahrbahn. Frank steigt aus und die Kinder beginnen zu weinen.

„Mama, ist unser Auto jetzt kaputt?", schluchzt Laura. „Aber nein, mein Kleines. Papa schaut nur nach dem Gepäck."

Mutters Hand streichelt dem Mädchen tröstend über den Kopf und reicht der kleinen Schwester den verlorengegangenen Schnuller. Auch Iris beruhigt sich langsam wieder.

„Alles in Ordnung!", meldet Frank, als er nach ein paar Minuten die Autotür öffnet und sich auf den Fahrersitz fallen lässt.

„Eigentlich ist der Dicke vom Parkplatz schuld. Als der mich beim Entsorgen der kaputten Plane angelabert hat, habe ich die Spanngummis nicht mehr richtig angebracht."

Seine Fingerspitzen trommeln ungeduldig auf dem Lenkrad. „Hoffentlich geht das hier bald weiter."

„Wir haben doch alle Zeit der Welt." Christa gibt ihrem verblüfften Mann einen fetten Kuss auf den Mund. „Ob wir nun eine Stunde später oder früher in unserem Ferienhäuschen sind, ist der Nordsee so etwas von egal."

„Du hast ja recht." Frank schenkt seiner Frau ein unsicheres Lächeln. „Aber den Strand, Christa, schauen wir uns heute doch noch an?" „Na klar! Schau, es geht schon weiter."

Am frühen Nachmittag erreicht Familie Lorenz die Unterkunft im nordholländischen Badeort Egmond aan Zee.

Das gebuchte Sommerhaus liegt zwar etwas weit vom Strand entfernt, doch das Vermieterehepaar hat am Telefon so nett und vor allem kinderfreundlich geklungen, dass Christa und Frank sofort zugesagt haben.

Während die Eltern das Gepäck in die nett eingerichteten Zimmer der im Garten des Haupthauses gelegenen Ferienwohnung tragen, zeigt Herr Willems den Kindern seine Kaninchenzucht.

Er öffnet einen der Käfige und holt ein kleines weißes Bündel heraus. „Magst du Sneeuwwitje einmal halten?" Laura nickt und streckt vorsichtig ihre Hände aus.

„Du musst keine Angst haben," ermutigt der Gastgeber das Mädchen in fast akzentfreiem Deutsch. „Sneeuwwitje ist unser braves Baby."

Schließlich wiegt Laura das Kaninchen genauso stolz wie liebevoll in ihren Armen. Auch die kleine

Iris bleibt nicht untätig. Sie fährt – aufgeregt an ihrem Schnuller saugend – mit beiden Händen prüfend über das weiche Fell des geduldigen winzigen Tieres.

„Nicht so fest!", lacht Herr Willems. Er greift sich aus dem nächsten Käfig ein rabenschwarzes Kaninchen und setzt es Iris vor die Füße. „Blacky ist schon ein großer und sehr stabiler Junge."

„Mädchen kommt – wir wollen dem Meer noch ‚Guten Tag' sagen." Nachdem das Familiengepäck nun im Sommerhaus verstaut ist, muss Christa ihre Töchter regelrecht loseisen.

Laura protestiert: „Aber die Kaninchen sind so süß, Mama!" „Die sind morgen auch noch süß", tröstet der Hausherr. Er nimmt die Kinder an die Hand und bringt sie zu ihrer Mutter.

„Am Strand ist bestimmt noch viel Betrieb. Egmond ist ausgebucht." Seine Worte klingen wie eine Warnung.

Frank tritt hinzu. „Wir wollen ja nicht mehr baden, Herr Willems, nur noch die Atmosphäre schnuppern."

Er nimmt Laura auf seinen Arm und setzt sie in ihren Kindersitz, während sich seine Frau mühen muss, mit der immer noch widerspenstigen Iris das Gleiche zu tun.

„Mama, wo ist denn das Meer?" Laura scheint nicht weniger ungeduldig als ihr Vater zu sein, der den Passat nun schon in einer dritten Runde entlang der vollen Parkplätze kriechen lässt.

Selbst Iris quengelt. Ihr Schnuller ist unter den Beifahrersitz gefallen, ohne dass es Schwester und Eltern bemerkt haben.

„Hier ist das Meer." Frank hält an. Auf dem langgezogenen Fahrbahnteiler hat er eine Lücke zwischen den darauf abgestellten Autos entdeckt.

„Ich hole erst mal die Kinder raus." Er steigt aus und öffnet die Tür auf Lauras Seite. „Hier darfst du nicht parken!" Christa weist auf das Verbotsschild am Straßenrand. „Aber da vorne rechts fährt gerade jemand weg."

Frank wirft sich wieder auf den Fahrersitz, startet hastig den Motor und setzt den Passat langsam in Bewegung. „Verdammt, die Tür!"

Unvermittelt tritt er voll auf die Bremse. Die nur angelehnte Wagentür hinter ihm fliegt nach vorne und kratzt – irgendwie genüsslich – über den rechten, vorderen Kotflügel eines auf dem Mittelstreifen geparkten goldlackierten Opel Manta.

Die Kinder schreien, während ihre Mama entsetzt auf das eingebeulte Blech des fremden Autos starrt.

Frank lässt die verschränkten Arme auf das Lenkrad sinken und vergräbt in ihnen seinen Kopf. „Ich will wieder nach Hause!"

Klärendes Nachwort

Dass eine Abdeckplane auf dem Dachgepäckträger keine gute Idee war, hätte sich Frank Lorenz denken können.

Der Fahrtwind entwickelt bei einer Geschwindigkeit von 120 km/h nämlich Kräfte, die denen eines

Orkans der Stärke 12 auf der Beaufortskala entsprechen.

Und was dabei so durch die Luft fliegen kann, kennt man aus den einschlägigen Bildern und Filmaufnahmen in Berichten über Naturkatastrophen.

Eine schlüssige Erklärung für das dreifache Unglück während der restlichen Fahrt bietet das von Isaac Newton formulierte Trägheitsprinzip der Mechanik:

*„Corpus omne perseverare in statu suo quiescendi vel movendi uniformiter in directum, nisi quatenus illud a viribus impressis cogitur statum suum mutare."**

Übersetzt:
„Ein Körper verharrt im Zustand der Ruhe oder der gleichförmig geradlinigen Bewegung, solange er nicht durch einwirkende Kräfte zur Änderung seines Zustands gezwungen wird."

Verkürzt:
Der Bewegungszustand eines Körpers ändert sich nicht, wenn die Summe der auf ihn wirkenden Kräfte null ist.

----

*Isaac Newton: *Philosophiae Naturalis Principia Mathematica* Seite 13. 3. Auflage. Innys, Regiae Societatis typographos, London 1726
Am 28.11.2018 abgerufen auf: https://gdz.sub.uni-goettingen. de/id/PPN512261393?tify={%22pages%22:[47],%22view%22: %22toc%22}

Formal:

Für den Zusammenhang zwischen der wirkenden Kraft **F**, der Masse **m** des Körpers und der erzielten Beschleunigung **a** gilt: **F = m·a**

Aus F = 0 N folgt daher a = 0 m/s² und damit für die Geschwindigkeit: v = const (0 m/s im Fall der Ruhe).

Die Anschleppaktion

Hier soll der Passat den ruhenden Volvo auf eine Geschwindigkeit beschleunigen, die ein Anspringen des Motors ermöglicht.

Nun wiegt der Kombi leer schon 1325 kg und damit eine halbe Tonne mehr als der Passat. Franks zunächst zaghaftes Anfahren spannt zwar das Abschleppseil, doch reicht die ausgeübte Kraft nicht, die am stehenden Fahrzeug angreifenden Reibungskräfte zu überwinden.

Andrerseits greift nach dem Wechselwirkungsprinzip (vergleiche Seite 25) auch am ziehenden Wagen eine seiner „Actio" entgegengesetzt gerichtete, gleichgroße Kraft an – die „Reactio".

Diese wächst mit dem plötzlichen Gasgeben auf einen Wert, der die Stahllöse am Passat abreißen lässt, bevor dessen „Actio" den schweren Volvo beschleunigen kann.

Frank Lorenz müsste so anfahren, dass der Kombi langsam in Bewegung kommt und dann allmählich die Geschwindigkeit steigern.

Wem diese physikalischen Betrachtungen zu theoretisch und trocken erscheinen, mag sich auf seine Alltagserfahrung verlassen.

Wenn man sich von einer Rolle Toilettenpapier einhändig ein Stück abreißen will, macht man das gewöhnlich mit einer kräftigen und schnellen Bewegung nach unten. Die volle Rolle bewegt sich dabei kaum, würde sich aber bei einem langsamen Ziehen in Gänze abwickeln.

Der Koffer

Bevor Frank hinter dem Lkw abrupt bremsen muss, haben das Auto, die Insassen und das Gepäck die gleiche Geschwindigkeit von etwa 120 km/h. Dass alle zur Ruhe kommen, erfordert nach dem Trägheitsprinzip eine äußere Kraft.

Das Auto kann sich auf seine Bremskraft verlassen, die Insassen auf die Sicherheitsgurte und Kindersitze – aber das Gepäck?

Im Kofferraum bewahrt die Lehne der fest an die Karosserie geschraubten Rückbank die Stücke vor einem Rutschen nach vorne.

Aber die schlecht fixierten Spanngummis auf dem Dachgepäckträger bringen nicht die Kraft auf, den besagten Koffer der Familie Lorenz auf Null abzubremsen. Er fliegt weiter und kommt erst durch die Reibungskraft des Asphaltes zur Ruhe.

Die Autotür

Dass die beim Anfahren nur leicht geöffnete Wagentür auf Lauras Seite nach dem Bremsen noch weiter aufschwingt, lässt sich auch mit dem Trägheitsprinzip erklären.

Die Tür „will" ihre Vorwärtsbewegung beibehalten und dreht sich daher um die Scharniere der abgebremsten Wagenkarosserie nach außen.

Gäbe Frank stattdessen mehr Gas, dann bliebe umgekehrt die Tür „lieber" zurück und fiele – sich nach innen drehend – wie von selbst ins Schloss.

Dies habe ich vor dem Schreiben dieser Zeilen selbst erfolgreich ausprobiert.

Vor und hinter Löffeln

„Was soll der Quatsch?" Herbert Backus schaut seinen Sohn nicht gerade freundlich an. „Iss gefälligst deine Suppe!"

Der Zwölfjährige scheint dem Vater nicht zugehört zu haben. Jedenfalls hält er am sonntäglichen Mittagstisch seinen Löffel dicht vor das rechte Auge. „Cool – das funktioniert ja tatsächlich."

Andrea Backus räuspert sich. „Simon, tu was Papa gesagt hat!" Der Junge begegnet der Aufforderung mit einem Blick, der auf der Ausdrucksskala irgendwo zwischen geistesabwesend und verständnislos liegt. „Aber unser Physiklehrer hat gesagt, dass man einen Löffel als ..."

„Verdammt noch mal!" Vaters Geduldsfaden droht zu zerreisen. „Du kannst gleich eins hinter **deine** Löffel kriegen."

Das ist nun Andrea echt zuviel. „Herbert, beruhige dich doch endlich!" Sie weist mit einer kaum merklichen Kopfbewegung auf den neben ihrem Mann sitzenden Jungen.

Simon löffelt mit gesenkten Augenlidern stumm die Suppe aus seinem Teller.

Während der Mahlzeit wird am Tisch im Hause Backus kein einziges Wort mehr gewechselt – was für heute ziemlich ungewöhnlich ist.

Normalerweise lässt die Familie sonntags die vergangene Woche Revue passieren und bespricht, was in der kommenden auf dem Programm steht. Danach ist meist eine gemeinsame Unternehmung angesagt.

Aber heute scheint alles anders zu sein. Simon schleicht nach dem Essen wortlos die Treppe hinauf und verkriecht sich in sein Zimmer. „Ich muss mich noch rasieren", brummt Vater Backus und verschwindet im Bad.

Nachdenklich deckt die Mutter den Tisch ab und trägt Geschirr und Besteck in die Küche. Beim Einräumen der Spülmaschine fällt ihr ein Löffel auf den Boden.

Das kann kein Zufall sein. Sie greift nach dem Essgerät, reinigt es unter laufendem Wasser und trocknet es gründlich ab.

Das Sonnenlicht spiegelt sich im blitzsauberen Löffel. Andrea hält sich ihn mit der Innenwölbung dicht vor ihr Auge. Sie lacht. „Das hat Simon also gemeint."

Dann eilt sie ins Badezimmer. „Was ist los?" Herbert fühlt sich in seiner Aktion vor dem Rasierspiegel empfindlich gestört.

Sie reicht ihm den Löffel und meint grinsend: „Du solltest dir hiermit deine Augenbrauen mal aus der Nähe anschauen. Ein Stutzen würde ihnen nämlich nicht schlecht stehen."

Als ihr nur ein Blick der Entgeisterung zugeworfen wird, stellt sie mehr prophezeiend als provozierend fest: „Und dann wirst du Simon persönlich zu einem Ausflug auf den Minigolfplatz einladen."

Klärendes Nachwort

Ein Suppenlöffel und ein Kosmetikspiegel sind – physikalisch gesehen – beides Hohlspiegel. Dieser entwirft je nach Abstand des betrachteten Gegenstandes unterschiedliche Bilder.

Um eine Vergrößerung wie z.b. beim Rasieren zu erreichen, muss man sich zwischen dem Brennpunkt **F** und der Spiegelfläche **S** befinden. Das zugehörige Bild nennt man virtuell, weil es nur dem Betrachter erscheint und nicht z.b. auf einem Schirm angezeigt werden kann.

Abbildung 12 zeigt den prinzipiellen Strahlenverlauf beim Hohlspiegel. Einfallende Strahlen (→), die parallel zur optischen Achse (**o.A.**) verlaufen, werden so reflektiert (⇢), dass sie durch den Brennpunkt F verlaufen. Umgekehrt wird ein sogenannter Brennpunktsstrahl achsenparallel reflektiert.

Abbildung 12

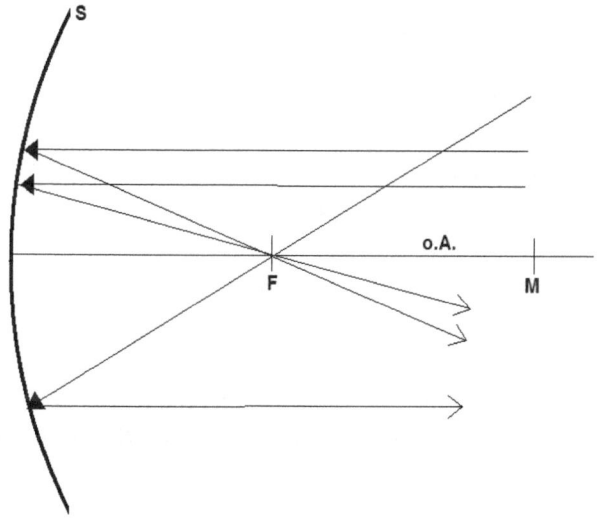

Zur Erklärung der Entstehung des virtuellen vergrö-
ßerten Bildes dient die Abbildung 13. Darin ist zu be-
achten, dass für den Betrachter die reflektierten
Strahlen längs des gestrichelten Linienverlaufs von
einem hinter dem Spiegel liegenden Bildpunkt zu
kommen scheinen.

Abbildung 13

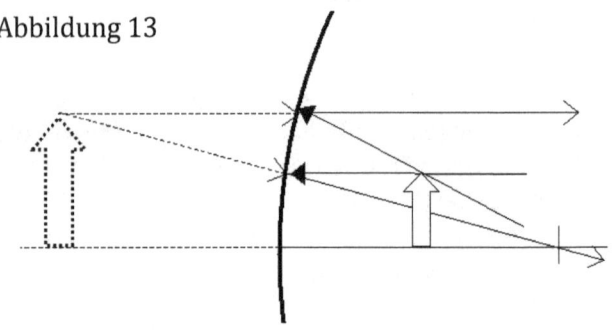

Weil ein Löffel aber viel stärker gekrümmt ist
(Abbildung 14) und damit der Brennpunkt näher an
die Spiegelfläche rückt, muss man den zu betrach-
tenden Gegenstand dicht vor diese bringen.

Abbildung 14

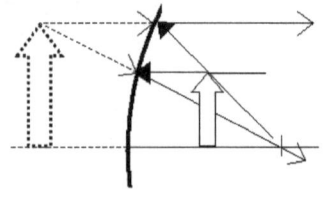

Dann wirkt, wie es Simons Physiklehrer seinen
Schülern erklärt hat, der Löffel als Lupe. Dies will der
Junge am Mittagstisch seinem Vater gerne sagen,
wenn der ihn nur aussprechen ließe.

Einbruch? Einspruch!

Jetzt hält sie der Winter schon die gesamte Woche über mit seinen eisigen Händen davon ab, das Haus – wenn nicht unbedingt notwendig – zu verlassen.

So sitzen die jungen Eltern Wagner am schon fortgeschrittenen Samstagabend im kuschelig warmen Wohnzimmer und genießen die Ruhe. Das leise und gleichmäßige Atemgeräusch aus dem Babyphon signalisiert ihnen, dass ihre acht Wochen alte Tochter endlich eingeschlafen ist.

„Bist du müde?" Marc schaut von seinem Buch auf zu Judith, die mit geschlossenen Augen im Sessel vor ihm sitzt.

„Nein. Ich bin nur irgendwie erschöpft."

Das lässt sich ändern, denkt Marc, erhebt sich geräuschlos von seinem Sitzplatz und schleicht auf Zehenspitzen aus dem Wohnzimmer.

Kurze Zeit später erscheint er mit einer Flasche Sekt und zwei Gläsern, die er so vorsichtig wie möglich – aber nicht leise genug – auf den Couchtisch stellt.

Judith öffnet ihre Augen. „Was hast du vor?" Doch sie erhält keine Antwort.

Ein Lächeln wandert über Marcs Gesicht. Er entkorkt geschickt die Sektflasche, füllt wortlos die beiden Gläser und reicht eines seiner erstaunten Frau.

„Prost auf?" Mit hochgezogenen Brauen erwartet sie eine Erklärung.

Ihr Gegenüber geht in die Hocke und lässt sein Glas klingend an das ihre stoßen. „Auf unsere Zweisamkeit!"

„Ja!" Judith erwidert seinen bedeutungsvollen Blick mit einem Augenaufschlag, den Marc nicht anders als verführerisch empfinden kann.

Doch dann nippt sie nur kurz an ihrem Sektglas, springt abrupt auf und verlässt eilig das Wohnzimmer.

Marc schaut seiner Frau mit offenem Mund hinterher. *Was geht hier ab?* Er gönnt sich aus der Flasche in seiner Hand einen kräftigen Schluck, stellt sie mit dem noch vollen Glas auf den Tisch und geht in die Diele.

Nanu – die Haustür steht ja offen. Ehe sich der Garderobenspiegel noch länger über den sichtlich ratlosen jungen Mann wundern kann, hastet von draußen Judith in den Flur.

„Puh! Ist das kalt! Richtig eiskalt!" Dabei zischt sie das „s" messerscharf und in die Länge gezogen.

Als sie die Fragezeichen auf Marcs Stirn entdeckt, beeilt sie sich mit einer Erklärung. „Ich habe nur meinen Lieblingssänger aus dem Auto geholt." Triumphierend hält sie eine CD hoch und fügt freudig hinzu: „Devide von Ed Sheeran!"

Judith fasst ihren immer noch verdutzen Mann an der Hand und führt ihn mit sich. „Komm Schatz, wir gehen wieder ins Wohnzimmer." Sie lacht. „Der Sekt wird schon warm."

Dort setzt sich Marc in ihren Sessel und greift zu seinem Glas. „Ein Moment noch!". Judith wirft den CD-Player an und füttert ihn mit dem ersten Song ‚Eraser'.

Die Musik erobert den Raum. „Lass uns tanzen!" Die junge Frau zieht ihren Mann von seinem Sitzplatz hoch und legt zärtlich ihre Arme um seinen Hals.

Marc atmet tief ein, schält sich aus seiner Strickjacke und lässt sie auf den Boden fallen.

„Zweisamkeit", flüstert er in Judiths Ohr und schmiegt sich eng an ihren im Rhythmus des Liedes „Shape of You" wiegenden Körper.

Das Babyphon zeigt grünes Licht für mehr. Marc drückt im Vorbeitanzen auf den Lichtschalter. *Hier ist es schöner als im kalten Schlafzimmer.* Ob Judith wohl seinen Gedanken erraten hat?

Engumschlungen lenkt er sie zur Couch und lässt sich mit ihr auf die warmweichen Sitzkissen sinken. Sein zärtlicher Kuss öffnet ihre Lippen zu einem berauschenden Zungenspiel, das in beiden ein Feuer der Leidenschaft entfacht.

„Was war das für ein Knall draußen?" Judith springt erschrocken auf.

„Ich hab nichts gehört." Marc tastet im Dunkeln nach ihrer Hand. „Komm doch wieder zu mir, Schatz!" „Nein, lass mich los!"

Judith bewegt sich vorsichtig in Richtung Terrassentür. Dabei fällt mit einem dumpfen Geräusch irgendetwas auf den Teppichboden.

„Mist, jetzt habe ich mich noch an der Blumenbank gestoßen," flucht sie mit verhaltener Stimme. Sie zieht den Rollladen ein winziges Stück nach oben und lugt durch einen Spalt nach draußen.

„Ich kann nichts sehen", flüstert sie. „Aber ich habe deutlich einen Knall gehört."

Marc ist zu ihr getreten. „Ich mache erst mal das Licht an."

„Bist du verrückt?" erwidert Judith entsetzt. „Sei leise und schalte den CD-Player aus. Vielleicht sind sie noch draußen?" „Wer?" „Die Einbrecher!"

Nun bin ich wohl im falschen Film gelandet, denkt Marc und stopft widerwillig Ed Sheeran den Mund. „Bist du nicht etwas hysterisch? Da war nichts und da ist nichts!"

„Nimm das ‚hysterisch' sofort zurück!" empört sich Judith. „Gut – aber etwas frostig gegenüber vorhin bist du schon."

Die Atmosphäre nähert sich dem Gefrierpunkt. „Und du offenbar frustriert. Schau doch endlich mal draußen nach!"

Das ist Marc nun wirklich zuviel. „Ich reiße doch nicht mitten in der Nacht den Rollladen hoch und friere mir in der Eiseskälte den Arsch ab, nur weil du meinst etwas gehört zu haben."

In die angespannte Stille tönt aus dem Babyphon ein kurzes Quieken, das in Sekundenschnelle von einem anhaltenden Schreien abgelöst wird.

Das war es dann wohl. Marc fühlt sich endgültig aus seiner sinnlichen Stimmung wieder in den schnöden Alltag katapultiert. Und er liegt damit richtig.

Ohne den geringsten Anflug von Nähe oder gar Zärtlichkeit lässt Judith ihn in der Dunkelheit des Wohnzimmers zurück. „Ich schlafe heute Nacht bei der Kleinen."

Nachdenklich lehnt Marc an der Terrassentür. *Vielleicht hätte ich ihr ja doch den Gefallen tun sollen.*

Er nimmt einen großen Schluck aus der Sektflasche in seiner Hand, schaltet die Außenbeleuchtung ein und zieht den Rollladen hoch.

Sein Blick wandert über die gefliese Bodenfläche und die Sitzgarnitur. Da liegt etwas auf dem Tisch, was dort nicht hingehört.

Er öffnet die Tür und tritt nach draußen. *Puh – ist das kalt!* Es ist der Einlaufstutzen der unterhalb der Terrasse stehenden Regentonne, der sich auf die Tischplatte verirrt hat.

Wo ist denn das Fallrohr? Marc traut seinen Augen nicht. Außerdem fehlt auch ein Teilstück der Dachrinne.

Er geht die Treppenstufen zum Garten hinunter und findet beides auf dem Boden vor der Leiter, die am Terrassensockel ihren Stammplatz hat.

Komisch – es ist doch absolut windstill. Und liegt die Leiter nicht irgendwie anders dort? Sollte etwa jemand probiert haben, mit ihr auf das Terrassendach zu steigen und hat dabei die Dachrinne beschädigt und das Rohr aus dem Regenfass gerissen?

Marcs Gedanken ziehen weite Kreise.

Vom Dach gelangt man mühelos an die Fenster der Schlafzimmer. Die Dunkelheit im Wohnzimmer hat ja das Haus menschenleer erscheinen lassen. Und die Musik ist in ihrer Lautstärke sehr dezent gewesen.

Die klirrende Kälte zwingt den im T-Shirt fröstelnden Mann wieder hineinzugehen.

„Vielleicht hattest du gestern gar nicht so unrecht." Nach langen Minuten betretenen Schweigens beginnt

Marc das Gespräch am sonntäglichen Frühstückstisch.

Judith blickt ihren Mann erstaunt an. „Wieso?"

Der zögert einen Augenblick und nippt erst einmal an seinem Kaffeebecher, bevor er von seinen Entdeckungen am Vorabend berichtet.

„Lass da draußen alles unberührt so liegen und rufe bitte die Polizei!" Judiths Worte klingen ernst und eindringlich zugleich.

„Wirklich die Kripo?" „Ja – die haben doch ihre Spezialisten und du hast gerade selbst gesagt, dass dir die Sache verdächtig erscheint."

„Okay!" Marc steht vom Tisch auf. „Liebes, bist du mir noch böse wegen gestern Abend?"

Judith lächelt. „Nur ein klitzekleines bisschen! Und du?" „**Kein** bisschen!"

Die zwei Kriminalbeamten, die sich schon eine Stunde später im Hause Wagner einfinden, erledigen zügig ihre Arbeit.

Nach drei Minuten Aufenthalt auf der Terrasse tauschen sie liebend gerne die eisige Kälte draußen gegen die behagliche Wärme in der Wohnung ein.

„Wir sind uns unserer Sache absolut sicher", erklärt der ältere der beiden Polizisten den jungen Eheleuten und zückt seine Digitalkamera.

„Ich habe alles fotografiert, damit wir hier im Warmen bleiben können." Dann erläutert er anhand der Bilder, was in der Nacht geschehen ist.

„Auch ohne ein Physiker zu sein", beendet er seine Ausführungen, „kann ich Ihnen versichern: Das war kein versuchter Einbruch, sondern ein gelungener Eisbruch."

Offensichtlich selbst amüsiert über sein Wortspiel verabschiedet er sich von Judith und Marc, die erleichtert dem davonfahrenden Polizeiwagen hinterherschauen.

Klärendes Nachwort

Wasser hat bei +4 Grad Celsius seine größte Dichte und damit sein kleinstes Volumen. Es dehnt sich – im Gegensatz zu anderen Flüssigkeiten – bei tieferen Temperaturen aus. Beim Übergang in den festen Aggregatzustand Eis nimmt das Volumen sogar sprunghaft zu.

Dieser physikalische Sachverhalt – die sogenannte Anomalie des Wassers – ist wohl jedem schon im Alltag begegnet.

Sei es der schwimmende Eiswürfel im Erfrischungsgetränk oder die geborstene Weinflasche, die man im Gefrierfach des Kühlschranks zu lange hat liegen lassen.

Beides reicht aus, um die Vorgänge auf der Terrasse der jungen Eheleute Wagner zu verstehen.

Marc hat vor Einbruch des Frostes vergessen, die randvoll mit Wasser gefüllte stahlblecherne Regentonne zu entleeren.

So kann über einige Tage hinweg ihr gesamter Inhalt zu Eis gefrieren (siehe Abbildung 15).

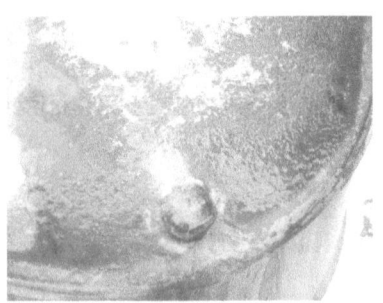

Abbildung 15

Die Regentonne wird dabei nicht nur ausgebeult, sondern das Eis dringt aus der Öffnung auch in den Ablaufstutzen und verschließt diesen, wenn die Temperatur nur tief genug bleibt.

So baut sich ein immer größerer Druck auf, der schließlich in der besagten Nacht den Stutzen nach oben wegsprengt und auf dem höhergelegenen Terrassentisch landen lässt (siehe Abbildung 16).

Abbildung 16

Das auf der Gummidichtung des Stutzens nur lose aufliegende Fallrohr wird dabei so weit hochgedrückt, dass am anderen Ende die Elastizität der Kunststoffdachrinne nicht ausreicht. Es bricht von ihr ein Teilstück ab, das mit dem Rohr zu Boden fällt.

Von der Vehemenz des Geschehens zeugt die Abbildung 17.

Die Kraft der Aufwärtsbewegung ist so groß, dass die Halteschraube an der Dachkante aus dem Holzbalken gerissen wird.

Abbildung 17

Den richtigen Ton treffen

„Papa, was gibt es heute?" Die Zwillinge Ruth und Vera haben ihre Schulrucksäcke in den Hausflur geworfen und sind in die Küche gelaufen.

„Hallo, ihr beiden!" Stefan Köhler schaut über die Schulter zu den Mädchen, während er mit dem Kochlöffel weiter in dem Topf auf dem Elektroherd rührt. „Das verrate ich erst, wenn ihr euch die Hände gewaschen habt."

„Menno!", protestiert Vera – weiß sie doch, dass ihr Vater in dieser Angelegenheit nicht mit sich reden lässt.

Es ist schon eine Umstellung für die achtjährigen Kinder gewesen, als es vor einem halben Jahr plötzlich hieß: Papa bleibt von nun an zu Hause.

Stefan Köhler hatte seinen leitenden Job in der Öffentlichkeitsabteilung einer von der Insolvenz bedrohten Warenhauskette verloren und sich danach vergeblich um eine neue Stelle bemüht.

So musste seine Frau Manuela ihre auf die Hälfte reduzierte Stundenzahl als Gymnasiallehrerin aufstocken, um das Familieneinkommen einigermaßen zu sichern.

Seitdem nutzte der unfreiwillige Hausmann die gewonnene Freizeit immer wieder dazu, seinem Hobby – dem Werken und Basteln mit Holz – nachzugehen.

„Heute gibt es Spaghetti Bolognese." Vater Köhler serviert den Zwillingen die gefüllten Teller. „Wickelt nicht soviel auf die Gabel und passt auf, dass eure Haare nicht in der Soße hängen!"

Die Mädchen streichen sich gleichzeitig mit einer flüchtigen Handbewegung ihre blonden Zöpfe nach hinten und machen sich hungrig über das Essen her.

„Wann kommt denn Mama nach Hause?", will Ruth wissen und schiebt ihren geleerten Teller von sich weg. Aber ihr Papa deutet nur mit dem Zeigefinger auf seinen noch vollen Mund.

Er kaut in aller Seelenruhe fertig, legt Löffel und Gabel beiseite und tupft sich mit der Serviette die Lippen ab.

„Papa, jetzt sag doch endlich!" Vera rutscht ungeduldig auf der Küchenbank hin und her. Neben ihr scheint Ruth auch nicht mehr länger am Tisch sitzen zu wollen.

„Jetzt mal ganz langsam, ihr beiden!" Stefan Köhler fixiert mit ruhigem Blick die blauen Augen seiner Töchter.

„Erstens hat Mama heute Nachmittagsunterricht. Zweitens – wie hat es euch geschmeckt? Und drittens erzählt mal, wie es in der Schule war!"

„Es ging so", entgegnet Vera. „Das Essen?" Die Zwillinge müssen lachen. „Nein, Papa, das war lecker", stellt Ruth klar und ihre Schwester beeilt sich, beipflichtend zu nicken.

„Der Unterricht war langweilig – außer der Musikstunde." Nun führt Vera wieder das Wort. „Da durften wir alle Instrumente ausprobieren."

„Welches hat euch denn am besten gefallen?" „Das ‚Kühlofon'!", platzt es gleichzeitig aus den Mädchen hervor. „Ihr meint wohl ein ‚Xylofon'."

„Egal", erklärt Vera, „aber du musst uns eins bauen."

„Musst? Damit hast du aber nicht den richtigen Ton getroffen."

Die Kinder blicken sich verständnislos an. Jetzt ist es Stefan, der lachen muss. „Das sagt man so, wenn zum Beispiel das Zauberwörtchen fehlt."

Ruth hat zuerst verstanden und übernimmt die Initiative. „Papa, bitte baue uns ein ‚Kühlofon'!"

„‚Xylofon'", verbessert der Vater. „Wir werden das gemeinsam machen. Aber jetzt erst mal ran an die Hausaufgaben!"

Nachdem Stefan den Tisch abgeräumt und das Geschirr in der Spülmaschine verstaut hat, wirft er seinen Laptop an. Er sucht und findet schnell eine geeignete Bauanleitung für ein einfaches Xylofon und notiert sich die wesentlichen Angaben.

Aber die Reste an Holzleisten im Hobbykeller sind alle ungeeignet. *Was tun, ohne in den Baumarkt fahren zu müssen?*

Da fällt ihm der Haselnussstab in die Hand, den er sich vor Jahren nach dem Heckenschnitt im häuslichen Garten als möglichen Wanderstock zur Seite gelegt hatte.

Wenn ich den in der Längsrichtung mittig spalten kann, müssten die Teilstücke für die acht Klangstäbe ausreichen. Außerdem ist die glatte Seite dann günstiger aufzulegen als die runde.

Er greift zur Stichsäge und beginnt, seine Gedanken konkrete Formen annehmen zu lassen.

„Ach – hier bist du!" Manuela Köhler steckt ihren Kopf durch die nur einen Spalt geöffnete Tür in das

Bastelreich ihres Mannes. „Ich habe dich oben überall gesucht."

Stefan blickt kurz von seiner Arbeit auf. „Hallo!" Während er damit fortfährt, die Schnittflächen der fertig gesägten Stabhälften zu schmirgeln, berichtet er seiner Frau mit wenigen Worten, was er warum und wie für die Mädchen vorbereitet.

„Ich gehe dann mal etwas essen." Manuela dreht sich auf dem Absatz herum und lässt die Tür ins Schloss fallen. „Dein Teller steht schon in der Mikrowelle", ruft Stefan ihr noch hinterher.

Die Zwillinge haben ihre Hausaufgaben erledigt und rennen die Treppe hinunter in die Küche.

„Hallo Mama!" freut sich Ruth, als sie ihre Mutter erblickt, die gerade die Spülmaschine anstellt.

Manuela schließt die auf sie zueilenden Töchter in die Arme. „Na, ihr beiden, alles gut?" Liebevoll streicht sie mit ihren Händen über die sommersprossigen Wangen der Kinder.

„Ja, sehr gut. Papa will uns ein ‚Kühlofon' bauen." Vera blickt sich suchend in der Küche um. „Wo ist er denn?"

Mutter Köhler verkneift es sich lächelnd, ihr Kind zu korrigieren. „In seinem Bastelkeller." Und schon steht sie wieder alleine vor der Spülmaschine.

„Hausaufgaben fertig?" Die hinunter in den Hobbyraum geeilten Zwillinge nicken eifrig. Ihre blauen Augen strahlen den Vater erwartungsvoll an.

„Dann könnt ihr mir jetzt helfen", kündigt dieser an und deutet mit dem Zeigefinger auf die Holzstäbe.

„Ich habe hier mit dem Bleistift Striche eingezeichnet, an denen wir die einzelnen Klanghölzer absägen müssen." Interessiert schauen sich die Mädchen die Markierungen an.

„Dazu braucht man diese Feinsäge und eine Schneidlade." Stefan hält die beiden Schreinerwerkzeuge hoch. „Ich zeige euch mal wie das geht."

Er legt einen der Stäbe in die Lade, steckt in deren sich gegenüberliegende Führungsschlitze die Säge und bewegt diese mit leichtem Druck hin und her.

„Immer schön gerade halten und schwupp – haben wir den ersten Klangstab." Er zeigt auf das abgetrennte Holzstück, greift zum Schleifpapier und erklärt: „Damit die Enden schön sauber und glatt werden."

Beeindruckt vom handwerklichen Geschick verfolgen die Geschwister aufmerksam das Tun des Vaters. „Soll ich euch das noch einmal vormachen?"

Während Vera noch einen Moment lang zu überlegen scheint, kommt ihr Ruth mit einer Antwort zuvor. „Ja bitte, Papa!"

Stefan hält zwei fertige Klanghölzer in der Hand. „Wisst ihr denn, warum das eine kürzer ist als das andere?"

Ruth hebt den Finger. „Beim ‚Kühlo...' – ich meine beim ‚Xylophon' in der Schule sind die Stäbe auch so." Ihre Zwillingsschwester mischt sich ein. „Du musst dich doch nicht bei Papa melden!"

„Aber **warum**?", insistiert der Vater. „Die klingen dann anders", verkündet Vera im Brustton der Überzeugung.

„Richtig! Je kürzer das Holz, desto höher der Ton. Aber nun ran an die Arbeit! Ihr könnt euch ja mit dem Sägen und Schleifen abwechseln."

Während sich die Mädchen emsig – ja fast aufgeregt – mit dem väterlichen Auftrag mühen, baut Stefan aus Teilen seiner Sammlung von Holzleistenresten ein Gestell.

Auf einer Seite bringt er dünne Holzstifte an, die zur Fixierung der Klangstäbe dienen sollen.

„Papa, wir sind fertig!", freut sich Ruth und hält ihrem Vater die sechs restlichen Hölzer entgegen.

„Schön habt ihr das gemacht!" Aus den blauen Augen der Zwillinge strahlt ein Stolz, wie ihn auf spontane und unaufdringliche Art nur Kinder zeigen können.

Schließlich ist das Xylofon fertig. Stefan hat noch an den in der Bauanleitung vorgegebenen Stellen Löcher in die Klangstäbe gebohrt, um diese an den Holzstiften auf dem Gestell zu befestigen.

„Aber womit sollen wir darauf jetzt spielen?" Ruth blickt bekümmert in die Runde.

„Den Klangstock werde ich noch bauen", kündigt ihr Papa an. „Wir probieren es oben einfach mal mit einem Kochlöffel."

„Was macht ihr hier?" Manuela ist in die Küche zu Mann und Kindern getreten. Stefan zeigt stolz das Ergebnis des familiären Bastelnachmittags.

„Wir spielen jetzt auf dem ‚Kühlofon'." Er zwinkert den Blondschöpfen zu, öffnet die Besteckschublade und entnimmt daraus einen Kochlöffel.

Feierlich schlägt er – mit dem längsten beginnend – nacheinander auf die Klangstäbe. Tatsächlich klingen mit jedem Schritt die Töne harmonisch höher, aber der fünfte fällt aus der Reihe. Er hört sich deutlich tiefer an.

Stefan schüttelt ungläubig den Kopf und wiederholt die Prozedur. Das Ergebnis ist kein anderes. Manuela kann sich ein mitleidiges Lächeln nicht verkneifen.

„Du musst mich dabei nicht auch noch auslachen!" Stefan ist frustriert und zornig zugleich. „Verdammte Scheiße!"

Der Fluch kommt allerdings bei seiner Frau schlecht an. Schlagartig verfinstert sich ihr Gesicht.

„Jetzt hast du aber wirklich nicht den richtigen Ton getroffen – und das vor den Kindern!"

Stumm drehen die Zwillinge ihre Köpfe synchron zum Vater, dann zur Mutter und wieder zurück. Schließlich blicken sie sich vielsagend an .

„Frag du es!", flüstert Ruth ihrer Schwester zu. Vera nickt und holt tief Luft. „Papa, musst du der Mama jetzt nicht ,**Bitte** lach nicht' sagen?"

Klärendes Nachwort

Stefan Köhler hat die Bauanleitung des Xylofons wohl nicht aufmerksam genug gelesen. Er konzentriert sich bei der Fertigung der Klanghölzer nur auf die Längenangaben, die er millimetergenau einhält.

Darin findet er seine Erfahrung aus dem schulischen Musikunterricht bestätigt:

Je kürzer das Holzstück, desto größer die Frequenz **f** der Schallschwingung und damit höher der Ton.

So gesehen scheint sein angefertigtes Modell auf den ersten Blick gelungen (siehe Abbildung 18).

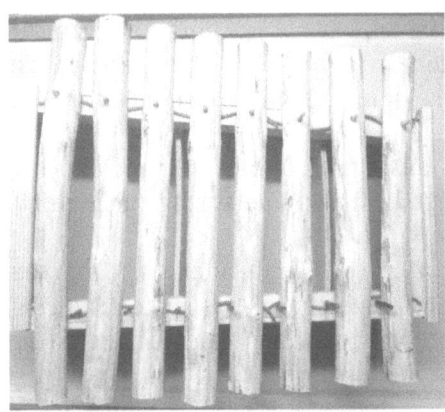

Abbildung 18

Nun lehrt aber die Physik genauer, dass die Frequenz **f** der Schwingung eines Stabes durch die folgende Formel bestimmt wird: $f = c_0 \frac{d}{l^2} \cdot \sqrt{\frac{E}{\rho}}$ (1).

Das Elastizitätsmodul **E** ist wie die Dichte ρ ein spezifischer Materialkennwert. Während **E** das elastische Verhalten eines Stoffes beschreibt, gibt ρ seine Masse pro Volumeneinheit an. Beide Größen sind für Holz als Baumaterial des Xylofons vorgegeben.

Variieren lässt sich die Frequenz **f** aber durch die geometrischen Abmessungen des Stabes. Die Länge **l**, die quadratisch im Nenner von (1) steht, belegt Stefans Erfahrung (siehe oben).

Dass aber auch die Dicke **d** im Zähler von (1) frequenzbestimmend ist, hat er nicht beachtet. Der fünfte Klangstab in Abbildung 19 ist deutlich dünner als seine gleichdicken Vorgänger und senkt die Frequenz, so dass ein tieferer Ton zu hören ist.

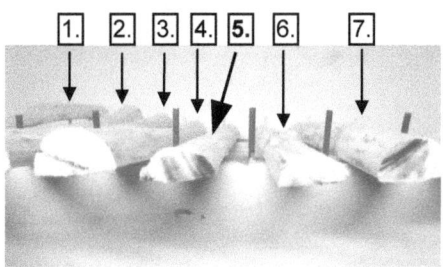

Abbildung 19

Würde Stefan Köhler auch noch auf den ebenfalls zu dünnen sechsten und den wieder dickeren siebten Klangstab schlagen, fiele ihm sein Irrtum vielleicht auf.

Dann wäre nämlich nach einem weiteren zu tiefen Ton plötzlich wieder ein höherer zu hören.

Glatt gebügelt

Der folgenden überarbeiteten Ballade aus meinem Buch „Meine Lebensgedichte" liegt eine zugegebenermaßen recht mörderische – aber natürlich frei erfundene – Episode zugrunde. Es wird vor jeder Form einer Nachahmung hiermit ausdrücklich gewarnt und für etwaige Folgen einer solchen nicht gehaftet.

Eigentlich ist ihm zuwider
seine Frau seit langem schon,
denn im Chor der Alltagslieder
klingt nur noch ein öder Ton.

Immer wieder ihr Gemecker:
„Mache dies und lasse das!"
Ach – sie geht ihm auf den Wecker –
er vermisst den Lebensspaß.

„Schau – mein altes Bügeleisen
funktioniert noch immer nicht!"
„Was soll das nun wieder heißen?
Reparier'n ist Fachmanns Pflicht!"

Voll hat sie sein Satz getroffen.
„Pah – ich geh zu Nachbar Hans!
Der ist hilfsbereit und offen."
Darauf schimpft er: „Blöde Gans!"

Um den Zorn in sich zu kühlen,
packt er Jacke, Handschuh', Hut,
geht nach draußen und kann fühlen:
Winterluft tut ihm jetzt gut.

Seine Frau trägt währenddessen
das Gerät nach nebenan
und nach ein paar Worten – kessen –
flickt es flugs der Nachbarsmann.

Bügelbrett und Bügeleisen
stehen schon bereit, als dann
mit behäb'gen Schritten – leisen –
kehrt nach Haus der Ehemann.

Seine Frau räumt noch im Keller.
Auf das Eisen fällt sein Blick.
Jetzt agiert er – und zwar schneller –
tauscht zwei Drähte mit Geschick.

Immer noch in Winterkleidung
schleicht er leise aus dem Haus,
freut sich auf die schnelle Scheidung –
dank der Hilfe von Hans Kraus.

Dass ein Alibi nicht fehle,
grüßt er – wie beim ersten Gang –
jede ihm bekannte Seele,
achtet auf normalen Klang.

Irgendwann und irgendwie
kehrt er wieder heim – beflügelt.
Ja – der Stromschlag fällte sie:
„Hab ich sie doch glatt gebügelt!"

Klärendes Nachwort

Früher konnte man das Gehäuse eines Bügeleisens noch mit einem gewöhnlichen Schraubenzieher öffnen, um an sein elektrisches Innenleben zu gelangen.

Dieses besteht im wesentlichen aus einem Bimetallstreifen (**BM**) als Thermostat und einem Heizdraht (**HZ**), der über die Zuleitung mit dem Phasenleiter (**PL**) und dem Nullleiter (**NL**) aus der Steckdose verbunden ist. Der Schutzleiter (**SL**) (siehe auch Seite 177) ist mit einem Schraubkontakt (**K**) an der metallischen Grundplatte befestigt.

Abbildung 20

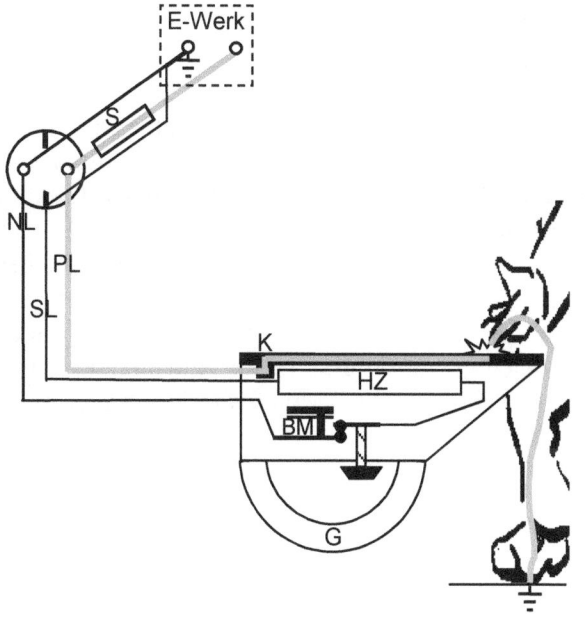

Vertauscht man wie in Abbildung 20 die Anschlüsse von Phasenleiter und Schutzleiter und schaltet das Bügeleisen ein, kann kein Strom durch den Heizdraht fließen, da zwischen Schutzleiter und Nullleiter keine Spannung anliegt.

Solange man das Gerät nur am Kunststoffgriff (**G**) anfasst, passiert nichts. Berührt man aber – z.B. um die Temperatur zu überprüfen – die Metallplatte, erleidet man einen elektrischen Schlag (siehe Abbildung 20): Der Strom fließt durch den Körper zur Erde und löst im günstigsten Fall den sogenannten Fehlerstrom-Schutzschalter (auch kurz FI-Schalter genannt) aus.

Dieser ist allerdings erst seit 2009 gesetzlich für Neuanlagen vorgeschrieben. Viele vor diesem Zeitpunkt errichtete Wohnhäuser verfügen daher nicht über einen Schutz vor Fehlerströmen, wie sie bei Stromschlägen fließen.

Der Protagonist in der Ballade setzt nach der Reparatur des Bügeleisens durch den Nachbarn Hans Kraus seine technischen Kenntnisse – im wahrsten Sinne des Wortes – in die Tat um.

Dabei zeugt das raffinierte Vorgehen, mit Lederhandschuhen weder Fasern auf dem Gerät zu hinterlassen noch die Fingerabdrücke des Helfers zu verwischen, mehr von einer enormen kriminellen Energie als von einem physikalischen Know-how.

Anhang

Zu Seite 45

Was für eine Überraschung!

Für die Addition zweier Kräfte F_1 und F_2, die unter dem Winkel α in verschiedene Richtungen wirken, leiht sich der Physiker den Kosinussatz aus der Mathematik und findet damit die Formel für die Gesamtkraft:

$$(1) \quad F_{1,2} = \sqrt{F_1^2 + F_2^2 + 2F_1 F_2 \cdot \cos\alpha} \, .$$

Weil nun $F_{1,2}$ der Gewichtskraft F_G entspricht und für die Teilkräfte $F_1 = F_2 = F_T$ gilt, lässt sich (1) umformen zu:

$$(2) \quad F_T = \frac{F_G}{\sqrt{2(1 + \cos\alpha)}} \quad \text{bzw.}$$

$$(3) \quad \cos\alpha = \frac{F_G^2}{2 \cdot F_T^2} - 1$$

Der interessierte Leser mag nun – mit einem Taschenrechner bewaffnet – die Ergebnisse des Nachwortes zur Episode von Susanne und Christian verifizieren.

Zu Seite 53

Bungeespringen ist nichts für Babys

Legende der verwendeten Größen

m: Masse des Springers in kg

h: Absprunghöhe in m

g: Erdbeschleunigung 9,81 m/s²

l: Länge des Gummiseiles in m

D: Federkonstante des Gummiseiles in N/m

s: Verlängerung des Gummiseiles am tiefsten Punkt in m

W_{Lage}:   Lageenergie m·g·h im Absprungpunkt

$W_{Elast.}$:   Elastische Energie $\frac{1}{2}Ds^2$ im tiefsten Punkt

Rechnung in der neunten Klasse

Aus dem Energieerhaltungssatz folgt:

(1) $m \cdot g \cdot h = \frac{1}{2}Ds^2$

Aus h = l + s folgt:

(2) $s = h - l$

Einsetzen von (2) in (1) ergibt:

(3) $m \cdot g \cdot h = \frac{1}{2}D(h-l)^2$

Algebraische Umformungen von (3) führen zur quadratischen Gleichung für die Seillänge **l**:

(4) $l^2 - 2 \cdot h \cdot l + h^2 - \dfrac{2 \cdot m \cdot g \cdot h}{D} = 0$ mit den beiden

Lösungen $l_{1,2} = h \pm \sqrt{\dfrac{2 \cdot m \cdot g \cdot h}{D}}$.

Da die Seillänge nicht größer sein darf als die Sprunghöhe, bleibt als einzige physikalisch sinnvolle Lösung:

$$(5) \quad l = h - \sqrt{\frac{2 \cdot m \cdot g \cdot h}{D}}$$

Mit den Messwerten h = 10,50 m, m = 1,9 kg und D = 49,05 N/m (für **einen** Meter Gummiseil) ergibt sich aus (5) die Seillänge l = **7,68 m** – ein zu großer Wert, wie die Babypuppe schmerzlich erfahren musste und die nachfolgende Korrektur zeigt.

Rechnung im Leistungskurs

In der Gleichung (3) muss D durch $\frac{D_1}{l}$ ersetzt werden, wobei D_1 die für einen Meter Gummiseil bestimmte Federkonstante ist, deren Wert mit der Seillänge l abnimmt.

$$(3^*) \quad m \cdot g \cdot h = \frac{1}{2} \frac{D_1}{l} (h - l)^2$$

Nicht gerade einfache algebraische Umformungen von (3*) führen zur quadratischen Gleichung für die Seillange l

$$(4^*) \quad l^2 - \left(\frac{2 \cdot m \cdot g \cdot h}{D_1} + 2h \right) \cdot l + h^2 = 0 \text{ mit den beiden}$$

Lösungen

$$(5^*) \quad l_{1,2} = h\left(\frac{m \cdot g}{D_1} + 1\right) \pm \sqrt{h^2\left(\left(\frac{m \cdot g}{D_1} + 1\right)^2 - 1\right)}, \text{ wobei}$$

die Minusvariante wieder die physikalisch sinnvolle ist.

Mit den Messwerten der neunten Klasse (s.o.) ergibt sich die Gummiseillänge **l = 4,50 m**.

Im Experiment kam der 1,9 kg schwere Sandsack im Schultreppenhaus beim Fall aus 10,50 m Höhe tatsächlich unmittelbar vor dem Fußboden zur Ruhe, bevor er wieder nach oben schwang. Physik hat einfach etwas Schönes.

Ri-ra-rutsch!

Die Physik betrachtet die Kräfte auf einen Körper an der sogenannten „Schiefen Ebene".

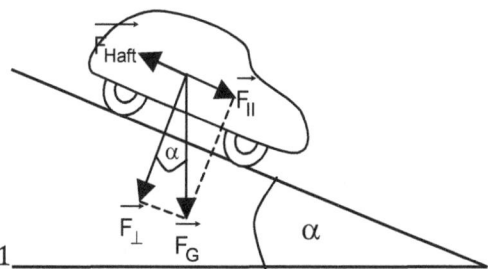

Abbildung 21

Das Auto erfährt die Gewichtskraft $\vec{F_G}$, die man sich in zwei Komponenten zerlegt denken kann. Die senkrecht auf die Unterlage wirkende Kraft $\vec{F_\perp}$ ist verantwortlich für die Bodenhaftung, während der parallele Anteil $\vec{F_{II}}$ das Auto in Hangrichtung nach unten bewegt, wenn er größer ist als die Haftreibungskraft $\vec{F_{Haft}}$.

Aus der Abbildung 21 entnimmt man:

(1) $\vec{F_\perp} = \vec{F_G} \cdot \cos\alpha$ und

(2) $\vec{F_{II}} = \vec{F_G} \cdot \sin\alpha$.

Für die Haftreibungskraft gilt:

(3) $\vec{F_{Haft}} = f_H \cdot \vec{F_\perp}$

Darin stellt f_H – die sogenannte Haftreibungszahl – eine Konstante für die beiden beteiligten Oberflächenmaterialien dar.

Damit der Wagen gerade noch nicht rutscht, muss die Reibungskraft den Anteil $\overrightarrow{F_{\parallel}}$ kompensieren.

Aus $\overrightarrow{F_{Haft}} = \overrightarrow{F_{\parallel}}$ folgt mit (2) und (3):

(4) $f_H \cdot \overrightarrow{F_{\perp}} = \overrightarrow{F_G} \cdot \sin\alpha$

und mit (1):

(5) $f_H \cdot \overrightarrow{F_G} \cdot \cos\alpha = \overrightarrow{F_G} \cdot \sin\alpha$

Teilt man in (5) beide Seiten durch $\overrightarrow{F_G} \cdot \cos\alpha$ und verwendet die Beziehung $\tan\alpha = \dfrac{\sin\alpha}{\cos\alpha}$, ergibt sich schließlich als Endergebnis:

$$\boxed{(6)\ \tan\alpha = f_H}$$

Man sieht, dass allein die Haftreibungszahl f_H den Grenzwinkel α bestimmt.

Für $f_H = 0{,}50$ (Autoreifen auf nassem Beton/Asphalt) bzw. $f_H = 0{,}10$ (Autoreifen auf Eis) ergeben sich die im Nachwort der Geschichte aufgeführten Werte 26,6° bzw. 5,7°.

Literarischer Schwimmunterricht

In der nachstehenden Abbildung 22 ist die Flussüberquerung einer Fähre dargestellt.

Der Kurs des Schiffes, welches auf ruhendem Gewässer eine Geschwindigkeit von 7 m/s schafft, muss unter einem **bestimmten** Winkel α gegen die Geradeausrichtung gewählt werden.

So gleicht der Kapitän ein Abtreiben mit der Flussgeschwindigkeit 2 m/s aus und erreicht auf kürzestem Weg die genau gegenüberliegende Stelle am anderen Ufer.

Dabei überlagern sich die Geschwindigkeiten nach den Gesetzen der Vektoraddition.

Abbildung 22

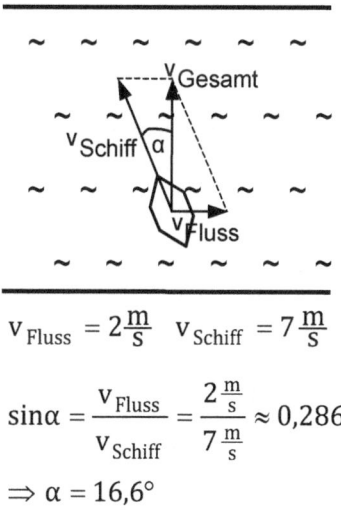

$$v_{Fluss} = 2\,\frac{m}{s} \quad v_{Schiff} = 7\,\frac{m}{s}$$

$$\sin\alpha = \frac{v_{Fluss}}{v_{Schiff}} = \frac{2\,\frac{m}{s}}{7\,\frac{m}{s}} \approx 0{,}286$$

$$\Rightarrow \alpha = 16{,}6°$$

Teuflisch

Die **absolut** zurückgelegte Strecke s_{total} des Überholenden berechnet man mit der Formel:

(1) $s_{total} = v_{alt} \cdot t_B + 0{,}5at_B^2 + v_{neu} \cdot t_{Rest}$

mit

v_{alt} bzw. v_{neu}: Geschwindigkeit des Überholenden vor bzw. nach dem Beschleunigen

a: Beschleunigung des Überholenden

t_B: Zeitspanne für das Beschleunigen

t_{Rest}: Zeitspanne nach dem Beschleunigen bis zum Ende der Überholmanövers

Weiterhin gelten:

(2) $t_B = \dfrac{v_{neu} - v_{alt}}{a} = \dfrac{\Delta v}{a}$

(3) $t_{Rest} = \dfrac{s_{Über} - 0{,}5at_B^2}{\Delta v}$

Darin ist $s_{Über}$ die relative Überholstrecke, die sich aus der Summe der beiden Wagenlängen und Sicherheitsabstände ergibt.

(4) $t_{gesamt} = t_B + t_{Rest}$

Zu Marcs Überholmanöver

Der 18 Meter lange LKW fährt 70 km/h und Marc beschleunigt seinen Golf (Länge 4,5 Meter) von dieser Geschwindigkeit auf 100 km/h. Er hält, da er dicht auffährt und knapp einschert, zusammen nur 30 Meter Abstand vor und nach dem Überholen ein. Der entgegenkommende Audi fährt auch 100 km/h.

Unter diesen Bedingungen legt der Golf in 8,38 Sekunden 215,4 Meter zurück, während der Audi sich um 232,8 Meter nähert und nach 0,93 Sekunden auf der Höhe des Golfs ist.

Zu Kevins Fahrstunde

Der vorausfahrende PKW ist mit 80 km/h unterwegs. Beide Wagen sind 4,5 Meter lang und Kevin müsste vor **und** nach einem Überholen jeweils den Sicherheitsabstand (Faustregel: halber Tacho) von 40 Metern einhalten.

Damit würde der Überholvorgang 17,4 Sekunden dauern und eine Strecke von 475,65 Metern benötigen.

Zum Unfall

Die Fahrzeugkolonne umfasst ohne den ausscherenden BMV drei PKWs (alle 4,5 Meter lang), die untereinander insgesamt 40 Meter Abstand halten und mit 90 km/h fahren.

Kevin wechselt 10 Meter hinter dem letzten die Fahrbahn und beschleunigt auf 120 km/h.

So benötigt er 10,24 Sekunden und 312,3 Meter freie Strecke für das Überholen. Der 100 km/h schnelle Gegenverkehr würde in dieser Zeit 284,6 Meter zurücklegen.

Daher kommt es schon nach ungefähr 8,5 Sekunden zum Zusammenstoß. Kevin befindet sich dann noch nicht (etwa 10 Meter fehlen) auf der Höhe des die Kolonne anführenden Wagens.

Mit den angegebenen Formeln möge der geneigte Leser die Ergebnisse überprüfen.

Zu Seite 83

„Ich glaub, ich spinne!"

Für den Luftwiderstand F_L gilt die folgende Formel:

(1) $F_L = \frac{1}{2} \cdot c_W \cdot \rho_{Luft} \cdot A \cdot v^2$ mit

c_W: Strömungswiderstand

ρ_{Luft}: Dichte der Luft

A: Querschnittsfläche des Körpers

v: Geschwindigkeit des Körpers

Aus (1) folgt mit F = m·a für die Bremsbeschleunigung a_{Brems}:

(2) $a_{Brems} = \frac{1}{2} \cdot c_W \cdot \rho_{Luft} \cdot A \cdot v^2 \cdot \frac{g}{m \cdot g} = k \cdot v^2 \cdot g$,

wobei mit der Erdbeschleunigung g erweitert wurde und in

(3) $k = \frac{1}{2} \cdot c_W \cdot \rho_{Luft} \cdot \frac{A}{m \cdot g}$ die festen Größen zusammengefasst sind.

Für die Gesamtbeschleunigung a ergibt sich dann:

(4) $a = g - a_{Brems} = g - k \cdot v^2 \cdot g = g(1 - k \cdot v^2)$

Mit zunehmender Geschwindigkeit v strebt a gegen Null, also $1 - k \cdot v^2 = 0$. Damit folgt für die Grenzgeschwindigkeit:

(5) $v_{Grenz} = \sqrt{\frac{1}{k}}$

Für die „Große Hausspinne" gelten folgende Werte:

m = 0,002 kg

c_W = 1,5

A = 0,005 m²

Die Dichte der Luft beträgt ρ_{Luft} = 1,29 kg/m³.

Damit ergibt sich aus (3) und (5):
k = 0,247 s²/m² und
v_{Grenz} = 2,01 m/s.

Die folgende Simulation zeigt, dass nach 0,5 Sekunden und knapp einem Meter Fallstrecke die Grenzgeschwindigkeit angenommen wird.

g	k	t	v(t)	a(t)	s(t)
9,81	0,247	0	0	9,81	0
		0,1	0,981	7,478	0,098
		0,2	1,7288	2,568	0,271
		0,3	1,9856	0,257	0,470
		0,4	2,0113	0,008	0,671
		0,5	2,0121	0,000	0,872
		0,6	2,0121	0,000	1,073

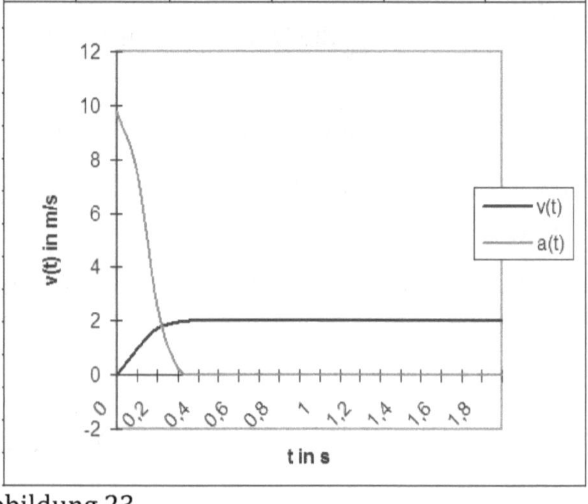

Abbildung 23

Zu Seite 99

Wenn Counter-Strike streikt

Funktion des Schutzleiters

Der im E-Werk mit der Erde verbundene Schutzleiter (**SL**) ist in einem elektrischen Gerät an dessen Metallgehäuse angeschlossen.

Kommt der Phasenleiter (**PL**) – z.B. aufgrund einer defekten Isolation – damit in Kontakt, fließt ein Strom hoher Stärke über Gehäuse und Schutzleiter und löst die Sicherung (**S**) aus.

Dadurch wird eine Person, die das Gerät berührt, vor einem elektrischen Schlag bewahrt. Ohne Schutzleiter würde sonst der Strom durch den Menschen zur Erde fließen.

In der Abbildung 24 ist der Weg des Stromes im Schutzfall fett und grau dargestellt.

Abbildung 24

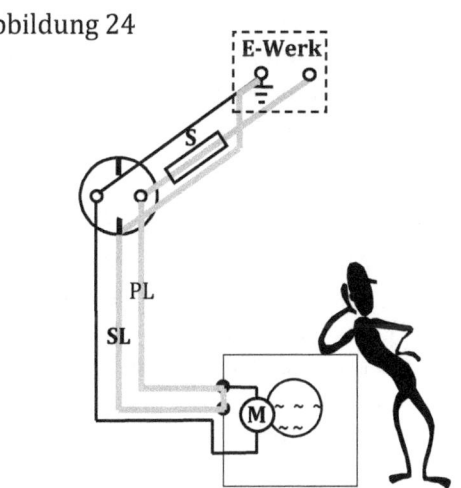

Elektrische Leistung

Die elektrische Leistung P eines Verbrauchers ist das Produkt aus der anliegenden Spannung U und der Stärke des fließenden Stromes I.

Aus $P = U \cdot I$ folgt $I = \dfrac{P}{U}$.

So fließt bei der Haushaltsspannung U = 220 V z.B. durch eine 60-Watt-Glühbirne ein Strom der Stärke $I = \dfrac{60W}{220V} \approx 0{,}27A$ und durch einen Heißwasserkocher $I = \dfrac{2200W}{220V} = 10A$.

An die mit einer Stromstärke von 16 A maximal belastbare Hausleitung können somit Geräte mit der Leistung P_{max} = 220 V·16 A = 3520 W angeschlossen werden.

Sicherungen

Neben den früher üblichen Schmelzsicherungen (siehe Abbildung 25) finden heutzutage vorwiegend Leitungsschutzschalter (siehe Abbildungen 26 und 27) – auch Sicherungsautomaten genannt – Verwendung.

Die Schmelzsicherung besteht aus einem Keramikkörper, durch dessen mit Quarzsand (**QS**) gefüllte zylindrische Bohrung zwischen Fußkontakt (**FK**) und Kopfkontakt (**KK**) der Schmelzdraht (**SD**) verläuft. Am Haltedraht (**HD**) befindet sich ein mit einer kleinen Feder versehenes farbiges Blättchen – der sogenannte Kennmelder (**KM**).

Abbildung 25

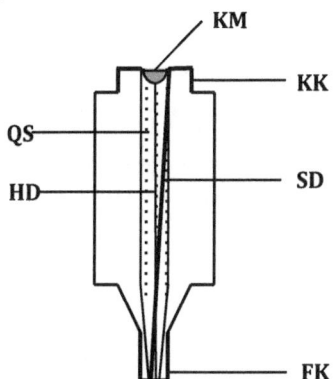

Überschreitet die Stromstärke nun den für die Sicherung festgelegten Wert, brennen beide Drähte durch: Der Schmelzdraht unterbricht den Stromkreis und der Haltedraht gibt das gefederte Kennmelderplättchen frei. Letzterer Vorgang ist wohl der Grund für die Sprechweise „die Sicherung fliegt raus".

Der Leitungsschutzschalter bedient sich neben der Wärmewirkung des elektrischen Stromes auch dessen Eigenschaft, ein Magnetfeld aufzubauen. Die folgende Abbildung 26 zeigt – stark vereinfacht – den Aufbau dieses Sicherungstyps.

Zwischen den beiden Anschlussklemmen (**AK**) fließt im Normalfall der elektrische Strom sowohl durch eine Spule (**SP**), in der ein Anker (**A**) liegt, als auch über die leitende Rückseite des Schalters (**S**) durch einen Bimetallstreifen (**BM**). Der Stromweg ist fett und grau dargestellt.

Abbildung 26

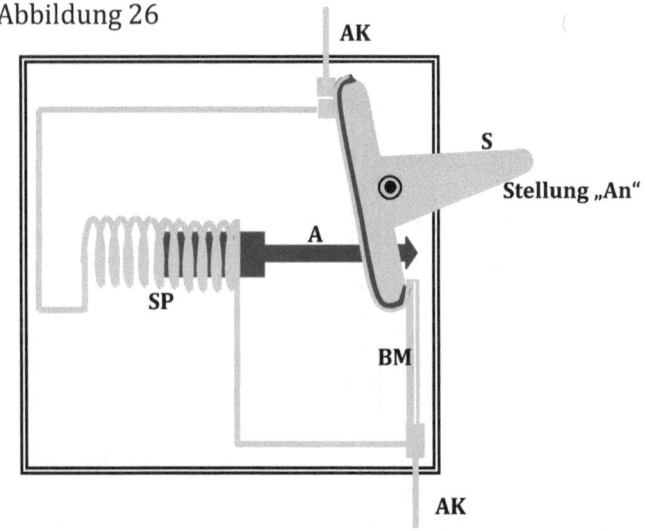

Falls die Stromstärke nur geringfügig über dem Grenzwert liegt, wirkt der Bimetallstreifen als thermischer Auslöser. Aufgrund der Erwärmung biegt er sich nach rechts, öffnet den Kontakt und betätigt den inneren Mechanismus so, das der Schalter auf „Aus" springt.

Übertrifft die Größe des Stroms aber den maximal zulässigen Wert plötzlich und erheblich (etwa bei einem Kurzschluss s.u.), dann zieht in Sekundenbruchteilen die Spule mit dem entstandenen starken Magnetfeld den Anker nach links in ihr Inneres. Dieser stellt den Schalter damit auf „Aus" und unterbricht den Stromkreis (vergleiche Abbildung 27).

Abbildung 27

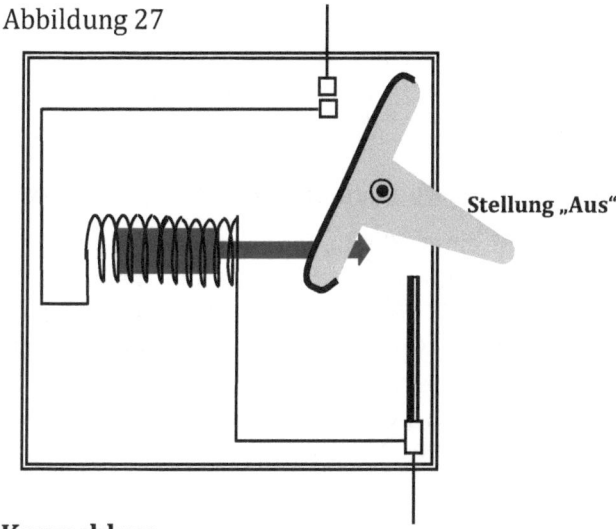

Stellung „Aus"

Kurzschluss

Kommt der Phasenleiter an einem Punkt (**P**) in Kontakt mit dem Nullleiter (Abbildung 28), dann werden die Pole der Spannungsquelle „kurzgeschlossen".

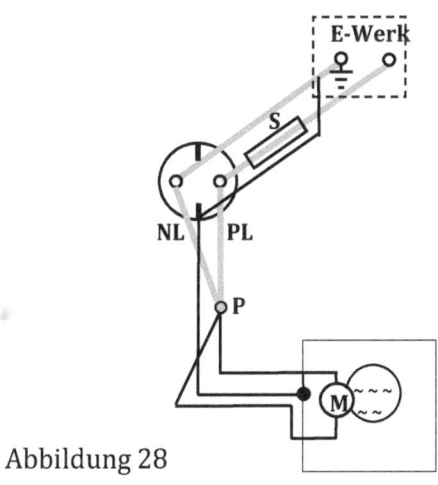

Abbildung 28

Es fließt unter der Umgehung des Verbrauchers – z.B. der Motor M einer Waschmaschine – ein sehr großer Strom (fett und grau dargestellt) und löst die Sicherung (**S**) aus.

Elektrische Leistung eines Computerspielplatzes

Das Netzteil eines PCs benötigt ungefähr 400 Watt, während der im Jahr 2002 noch übliche Röhren-monitor mit 120 Watt und die für Counter-Strike obligatorischen Lautsprecher mit 3 Watt auskommen.

Dies ergibt in der Summe 523 Watt für **jeden** Teilnehmer an der LAN-Party im Hause Schmitz.

Ein träger Hosenträger-Träger

Beispielexperiment

An einem Gummiband – wie es üblicherweise für einen Hosenbund verwendet wird – hängt ein knapp einhundert Gramm schwerer Karabinerhaken.

Das Ende des durch das Gewicht gedehnten Bandes wird durch einen Pfeil markiert (a) und neben die Anordnung ein Längenmessstab gestellt (b).

Anschließend wird das Gummiband mit einem Fön gleichmäßig von unten bis oben erwärmt. Dabei verkürzt es sich und hebt den Haken um gut einen Zentimeter an (c).

Abbildung 29

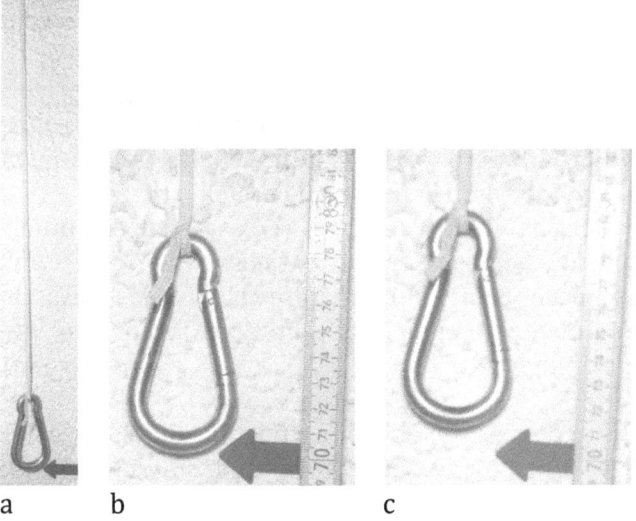

a   b   c

Erklärung mit dem Entropiesatz

Die Entropie **S** – eine eigentlich sehr bedeutende physikalische Größe – ist den meisten Menschen unbekannt, da sie selten oder überhaupt nicht im schulischen Unterricht behandelt wird.

Dies liegt an dem doch recht komplizierten Gebiet der Thermodynamik, in der sie definiert wird und überwiegend ihre Anwendung findet.

Die Entropie ist keine absolute Größe, sondern wird allein durch ihre Änderung **(1)** $\Delta S = \frac{\Delta Q}{T}$ festgelegt. Darin ist ΔQ die bei der Temperatur **T** zu- bzw. abgeführte Wärmemenge.

Nun gilt nach dem zweiten Hauptsatz der Wärmelehre:

(2) In einem abgeschlossenen System nimmt die Gesamtentropie immer zu, d.h. $\Delta S \geq 0$.

Das Gleichheitszeichen gilt nur für sogenannte reversible Prozesse, auf die hier nicht näher eingegangen werden soll.

Alle natürlichen und technischen Vorgänge verlaufen von selbst nämlich nur irreversibel, d.h. ohne äußeren Eingriff lässt sich ihr Anfangszustand nicht wieder aus dem Endzustand herstellen.

Mischt man z.B. zwei Wassermengen unterschiedlicher Temperatur, so fließt stets Wärme vom heißeren zum kälteren Bereich, bis das gesamte Volumen eine einheitliche, mittlere Temperatur angenommen hat.

Die nachfolgende Rechnung zeigt für dieses Beispiel, dass Entropie erzeugt wird und so die Gesamtentropie des Systems steigt:

$$\Delta S = \Delta S_h + \Delta S_k = \frac{-\Delta Q_h}{T_h} + \frac{\Delta Q_k}{T_k} \underset{\boxed{\Delta Q_h = \Delta Q_k \,;\, T_h > T_k}}{>} 0 \,.$$

h = heißes Wasser

k = kaltes Wasser

Da die **ab**gegebene (deshalb das Minuszeichen) Wärmemenge ΔQ_h gleich der aufgenommenen ΔQ_k ist, aber die Temperatur T_h größer als T_k, hat der erste Bruch einen kleineren Betrag als der zweite und die Summe beider ergibt damit einen positiven Wert.

Niemals aber wird sich bei diesem Experiment das Wasser von selbst wieder in zwei verschieden warme Teilvolumina anordnen.

Besonders anschaulich – weil suggestiver – lässt sich der geschilderte Sachverhalt folgendermaßen ausdrücken: Ein Vorgang verläuft von selbst immer vom Zustand der Ordnung (zwei getrennte und verschieden warme Körper) über eine Zunahme der Unordnung (Kontakt, Wärmestrom, fortschreitende Durchmischung) zu deren Maximum im Endzustand (vollständige Durchmischung, einheitliche Temperatur).

Damit lässt sich der zweite Hauptsatz auch so formulieren:

(3) In einem abgeschlossenen System nimmt die Unordnung immer zu.

Im Experiment mit dem Gummiband steigt dessen Entropie durch die mit dem Fön **zu**geführte Wärmemenge ($\Delta Q > 0$) gemäß Definition (1) und erfüllt damit Satz (2) von Seite 184. Dieser Zustand größerer Entropie bedeutet nach Satz (3) eine Zunahme der Unordnung.

Dementsprechend nehmen die vorher vorzugsweise in Längsrichtung geordneten und gestreckten Kettenmoleküle alle möglichen Orientierungen an, was zu einer Verkürzung des Gummibandes führt.

Der tredition Verlag wurde 2006 in Hamburg gegründet. Seitdem hat tredition Hunderte von Büchern veröffentlicht. Autoren können in wenigen leichten Schritten print-Books, e-Books und audio-Books publizieren. Der Verlag hat das Ziel, die beste und fairste Veröffentlichungsmöglichkeit für Autoren zu bieten.

tredition wurde mit der Erkenntnis gegründet, dass nur etwa jedes 200. bei Verlagen eingereichte Manuskript veröffentlicht wird. Dabei hat jedes Buch seinen Markt, also seine Leser. tredition sorgt dafür, dass für jedes Buch die Leserschaft auch erreicht wird.

Autoren können das einzigartige Literatur-Netzwerk von tredition nutzen. Hier bieten zahlreiche Literatur-Partner (das sind Lektoren, Übersetzer, Hörbuchsprecher und Illustratoren) ihre Dienstleistung an, um Manuskripte zu verbessern oder die Vielfalt zu erhöhen. Autoren vereinbaren unabhängig von tredition mit Literatur-Partnern die Konditionen ihrer Zusammenarbeit und können gemeinsam am Erfolg des Buches partizipieren.

Das gesamte Verlagsprogramm von tredition ist bei allen stationären Buchhandlungen und Online-Buchhändlern wie z. B. Amazon erhältlich. e-Books stehen bei den führenden Online-Portalen (z. B. iBookstore von Apple) zum Verkauf.

Seit 2009 bietet tredition sein Verlagskonzept auch als sogenanntes "White-Label" an. Das bedeutet, dass andere Personen oder Institutionen risikofrei und unkompliziert selbst zum Herausgeber von Büchern und Buchreihen unter eigener Marke werden können.

Mittlerweile zählen zahlreiche renommierte Unternehmen, Zeitschriften-, Zeitungs- und Buchverlage, Universitäten, Forschungseinrichtungen, Unternehmensberatungen zu den Kunden von tredition. Unter www.tredition-corporate.de bietet tredition vielfältige weitere Verlagsleistungen speziell für Geschäftskunden an.

tredition wurde mit mehreren Innovationspreisen ausgezeichnet, u. a. Webfuture Award und Innovationspreis der Buch-Digitale.

tredition ist Mitglied im Börsenverein des Deutschen Buchhandels.

FSC
www.fsc.org

MIX

Papier | Fördert
gute Waldnutzung

FSC® C083411

Zeitfracht Medien GmbH
Ferdinand-Jühlke-Straße 7
99095 Erfurt, Deutschland
produktsicherheit@kolibri360.de